Konrad von Würzburg

Konrads von Würzburg Klage der Kunst

Konrad von Würzburg

Konrads von Würzburg Klage der Kunst

ISBN/EAN: 9783743631410

Hergestellt in Europa, USA, Kanada, Australien, Japan

Cover: Foto ©Andreas Hilbeck / pixelio.de

Weitere Bücher finden Sie auf **www.hansebooks.com**

KONRADS VON WÜRZBURG

KLAGE DER KUNST

VON

EUGEN JOSEPH.

STRASSBURG.
KARL J. TRÜBNER.
—
LONDON.
TRÜBNER & COMP
1885.

GUSTAV JACOBSTHAL

ZUGEEIGNET.

VORWORT.

'Die Klage der Kunst' ist zuerst von Docen, Museum für altdeutsche Literatur und Kunst 1, 62 ff. nach der einzigen Handschrift des Würzburger Codex mit kurzer Einleitung und erklärenden Anmerkungen abgedruckt und dann von von der Hagen Minnes. 3, 334 ff. herausgegeben worden. Eine Collation, die ich Herrn Dr. Wolfgang von Öttingen verdanke, ergab ein paar irrtümliche Lesungen Docens und unbedeutende Abweichungen in seiner Orthographie. Das Gedicht findet sich übrigens nicht Bl. 265^b ff., wie Mus. 1, 62 angegeben ist, sondern 253^b ff. des Codex.

Dieser Erstlingsarbeit ist der stets bereite Rat und die fördernde Teilnahme des Herrn Professor Scherer zu gute gekommen. Ich durfte mich damit von neuem eines Wolwollens erfreuen, das mir während einer langen Studienzeit treu gewesen ist und ihm als Menschen wie als Lehrer eine Stätte unvergänglichen Dankes in meinem Herzen begründet hat.

Berlin im September 1884.

EUGEN JOSEPH.

INHALT.

		SEITE
I. ANALYSE DES GEDICHTS		1
a) UNTERSCHEIDENDE MERKMALE VON GEDICHTEN VERWANDTEN INHALTS		1
b) JURISTISCHE BESTANDTEILE		2
c) POETISCHE BESTANDTEILE		6
II. DIE AUTORSCHAFT KONRADS VON WÜRZBURG		12
BEWEIS:		
a) AUS DEM INHALT		12
b) AUS DER POETISCHEN ERFINDUNG		15
c) AUS DER SPRACHE		23
d) AUS DER KÜNSTLERISCHEN TECHNIK		25
e) AUS DEM STIL (S. UNTEN HINTER VII)		28
f) AUS EINZELNEN PARALLELEN		71
III. CHRONOLOGISCHE EINREIHUNG		74
IV. TEXT DER KLAGE DER KUNST		76
V. ANMERKUNGEN ZUM TEXT		84
VI. ANHANG		88
VII. REGISTER DER VERBESSERUNGEN UND VORSCHLÄGE		91

Unter Stil (II. e S. 28) finden Behandlung:

1) SPRACHREICHTUM in der Klage der Kunst und bei Konrad: Synonyma 28. Abwechslung im Ausdruck 29. Gepaarte Ausdrücke 29. Parallelismus der Gedanken 30.

2) BREITE DER DARSTELLUNG a) In der Art des Vortrags: Hervorhebung der einzelnen Momente 31. Wiederholung 31. Hervortreten subjektiver Elemente 31.

b) Im einzelnen Ausdruck: Das Epitheton in der Klage der Kunst 32; bei Konrad 32. Die Umschreibung des Substantivs bei Konrad: durch den eigentlichen Begriff 33; durch metaphorischen Ausdruck 34. Umschreibung des Substantivs in der

Klage der Kunst 36. Eine andere Form der Substantivumschreibung bei Konrad und in der Klage der Kunst 36. Umschreibung anderer Redeteile bei Konrad: des Personalpronomens 37; des Possessivs 37; des Adverbs und Adjektivs 38. Umschreibung der andern Redeteile in der Klage der Kunst 40. Rückblick 41. Manier in der Anwendung anderer Mittel poetischer Anschaulichkeit in der Klage der Kunst und bei Konrad: Versinnlichung des verbalen Begriffs 41; des substantivischen 42; Vergleiche 42; Antithese; Oxymoron 43.

3) SYNTAKTISCHER PARALLELISMUS: Prinzip der Congruenz und der Steigerung in der Klage der Kunst 43. Allgemeines 44. Beide Prinzipien bei Konrad: in Bezug auf das Epitheton 45 (Steigerung 45; Congruenz 52; Ausnahmen 52); in Bezug auf Artikel und Pronomen 56; in Bezug auf die Präposition 61; in Bezug auf den adverbialen Redeteil 69. Rückblick 71.

I. ANALYSE DES GEDICHTS.

'Die Klage der Kunst' gehört in eine Reihe mit den Gedichten, die seit dem Ausgang des dreizehnten Jahrhunderts immer häufiger werden[1] und Zeugnis ablegen von der zunehmenden Teilnahmlosigkeit gegen die Poesie in Kreisen, denen sie einst Wachstum und Blüte verdankte. Aber während jene Gedichte durch ihren künstlerischen Wert wie durch die Gesinnung, die aus ihnen spricht, nur zu oft selbst die beste Rechtfertigung für diejenigen enthalten, gegen die sie Beschwerde erheben, nimmt 'die Klage der Kunst' nach beiden Richtungen hin einen eigenen Standpunkt ein.

Hier tritt uns ein Dichter entgegen, den ein hoher Begriff von seiner Kunst trägt. Er spricht von ihr als von einer Sache, die man 'im Herzen' hat. Er stellt einen Gegensatz auf zwischen wahren Dichtern, zu denen er voll Selbstgefühl nur wenige zählt, und dem grossen Haufen 'Künsteloser'. Wol geht auch sein Gedicht darauf aus, die Freigebigkeit der hohen Herren anzuspornen. Aber er veredelt diese Tendenz, indem er ihnen nicht Kargheit überhaupt vorwirft, sondern sich nur gegen ihre Begünstigung Unwürdiger, gegen die Ausübung 'falscher Milde' richtet. Und er nimmt seinen Klagen alles Persönliche, indem er nicht für sich spricht, sondern seine Worte einer allegorischen Figur, der Kunst selber, in den Mund legt. Diese tritt vor einen Gerichtshof der Tugenden, um eine andere allegorische Figur, die Milde, anzuklagen. Er aber gibt sich nur die Rolle des zufälligen

---
[1] Vgl. Wackernagel, Geschichte der deutschen Litteratur I², 143 ff. — Bartsch, Gesammelte Vorträge und Aufsätze. Freiburg 1883. S. 197 f. 213 f. — Vogt, Leben und Dichten der deutschen Spielleute im Mittelalter. S. 13.

Zeugen, der von dem Tugendengericht beauftragt das Gehörte verkündet.

Die Einkleidung, die der Dichter für seinen Gegenstand wählt, ist eine Form, die erst in späterer Zeit, mit dem vierzehnten Jahrhundert, zu voller Ausbreitung gelangt[1] und gewöhnlich mit dem Namen 'prozessualische Allegorie' bezeichnet wird.[2] Diese Form aber erweist sich in unserm Gedicht um so beachtenswerter, als wir in ihr **Nachbildung eines wirklichen Gerichtsvorgangs** entdecken.

Das Gericht wird an einer Malstätte gehalten: *hin für die küniginne unfrô gienc si zuo dem mâle* 14, 5. Die Malstätte befindet sich unter einem Baum, der auf einer Wiese in der Nähe eines Quells steht. Hiermit ist eine Lokalität gezeichnet, die häufig in Rechtsdenkmälern überliefert wird.[3] Ein solcher Baum vertrat die Stelle eines Schutzdachs gegen Sonne und Regen und wurde schon in alter Zeit nicht selten durch ein wirkliches Dach ersetzt.[4] Dieser Bedeutung des Baumes entsprechend gebraucht der Dichter für den Gerichtsbaum die Metapher *ein schœnez dach* 4, 5.

Auf dem Gerichtsplatz befand sich der erhöhte Stuhl für den Richter und rechts und links die Bänke für die Schöffen.[5] Auch in unserm Gedicht hat die Richterin ihren Platz auf einem *gestüele*, das durch besondere Erwähnung ausgezeichnet wird 4, 6, und die Schöffinnen sitzen ihr zu Seiten 8, 1. An dem Richterstuhl war gewöhnlich ein Schild oder anderes Zeichen angebracht, damit die Stätte der Handlung durch den leuchtenden Schein von weither kenntlich sei.[6] An diese Sitte werden wir erinnert, wenn in unserm Gedicht der fernhin leuchtende Glanz des Richterstuhls hervorgehoben wird 4, 7.

Die Personen der Allegorie bestehen in der Gerechtig-

---

[1] Vgl. Gervinus, Geschichte der deutschen Dichtung, II⁵, 233 ff.
[2] S. Hugo Lörsch in dem Festgruss aus Bonn an Carl Gustav Homeyer S. 37.
[3] Grimm, deutsche Rechtsalterthümer S. 793 ff.
[4] Grimm, R.-A. S. 806.
[5] Grimm, R.-A. S. 783. 791 f. 808. 812.
[6] Grimm, R.-A. S. 74 f. 109. 851 f.

keit als Richterin, der Kunst als Klägerin, der Milde als
Angeklagten und in zwölf anderen Tugenden, denen die Rolle
der Urteilenden zufällt. Die Zwölfzahl der Urteilenden entspricht der beliebten Zwölfzahl der Schöffen, die in gewissen
Fällen stehend war.[1] Die Richterin ist Königin, die übrigen
Tugenden tragen sämtlich Kronen. Den Dichter leitet also
die Vorstellung eines Königsgerichts mit fürstlichen Schöffen.
Nach deutscher Anschauung ist das Richteramt des Königs
eine heilige Pflicht.[2] Diese Vorstellung finden wir wieder,
wenn der Dichter von der Gerechtigkeit sagt: *Got selbe hæte
si gesant dâ her ûz himeltrône* 6, 1.

In richtiger Reihenfolge des wirklichen Rechtsgangs
bringt zunächst Kunst ihre Klagen bei versammeltem Gericht
vor den Stuhl der Richterin. Gerechtigkeit leitet darauf das
Verfahren ein und fordert Milde zur Verantwortung. Diese
leugnet. Nach solchem Leugnen des Beklagten kam es zum
Beweise[3] und es war Grundsatz, dass entweder von seiner
Seite der Beweis der Unschuld oder von der gegnerischen
der Beweis der Schuld übernommen wurde.[4] Demgemäss
erbietet sich hier die Milde zum Reinigungseid, den sie nach
älterer christlicher Sitte in der Kirche leisten will:[5] *des swer
ich ûf dem alter dar, dâ got wart ûf gewihet* 20, 3. Die Kunst
andererseits ergreift noch einmal das Wort und beantragt, für
ihre Aussagen den Beweis der Wahrheit durch Zeugen zu
erbringen.[6] Welche Partei den Vorzug des Beweisens haben
sollte, wurde von Seiten des Gerichtshofs durch Beweisurteil
entschieden.[7] Dieses Beweisurteil erfolgt in unserm Gedicht
nach der zweiten Rede der Klägerin zu Gunsten derselben.
Der Regel entsprechend citiert darauf Kunst die Zeugen selber,[8]

---

[1] Grimm, R.-A. S. 217. 777.
[2] Grimm, R.-A. S. 752.
[3] von Schulte, Lehrbuch der deutschen Reichs- und Rechtsgeschichte. 5. Aufl. S. 408. 410.
[4] v. Schulte S. 435 f.
[5] Grimm, R.-A. S. 903. — v. Schulte S. 413. 417.
[6] v. Schulte S. 417 ff.
[7] v. Schulte S. 436.
[8] Walter, deutsche Rechtsgeschichte 2, 330.

und indem sie Stäte und Wahrheit beruft, stellt sie die übliche Zweizahl von Zeugen.[1] So weit ersehen wir Alles in Ordnung. Nun aber folgen in der Ueberlieferung auf Strophe 22 die Strophen 27. 28. 29 und dann erst 24. 25. 26. Die Beweisstrophen werden also hier plötzlich durch drei Urteilsstrophen unterbrochen und den Urteilsstrophen folgt mit der Strophe *swer ir tuot genge gäbe schin* wieder eine Beweisstrophe; es wird ferner mit *sus wart geteilet* auf ein Urteil der Bescheidenheit Bezug genommen, das von dieser erst vier Strophen nachher gefordert und fünf Strophen nachher gegeben wird. Zum Glück erweist sich, dass eine solche Verwirrung nicht unserm Dichter, sondern einem Schreiber zur Last fällt: denn nehmen wir die im folgenden Texte[2] durchgeführte Umstellung vor, so bekommt die Beweisstrophe richtig ihren Platz vor den Urteilsstrophen und *sus wart geteilet* knüpft passend an das voraufgehende *ich teile* der Bescheidenheit an.

Aber wie steht es um den Zusammenhang der Strophe 24 mit Strophe 22? Nach ihrer jetzigen Stellung müssen wir Strophe 24 der Kunst zusprechen. Hiermit möchte schlecht stimmen, dass Vers 7 in dritter Person von der Kunst gesprochen wird, dass Vers 1 f. mit zum Teil denselben Worten wiederholen, was die Kunst bereits 17, 5 f. gesagt hat. Aber wer erwartet nach Str. 22 überhaupt noch weiteres aus dem Munde der Kunst? Was wir nach dem deutlich ausgesprochenen Plane des Gedichts erwarten, ist die Beweisaufnahme oder die Zeugenaussagen. Wo bleiben sie? Der Ueberlieferung fällt an dieser Stelle ohne Zweifel nicht allein eine Umstellung, es fällt ihr auch eine Lücke zur Last. Im Original müssen nach Str. 22 Wahrheit und Stäte aufgetreten sein: In Str. 24 aber ist uns ein Rest ihrer Aussagen geblieben.[3]

Nunmehr stellt sich die volle Uebereinstimmung zwischen Gedicht und dem Gang wirklichen Gerichtsverfahrens heraus. Dieses teilt sich in vier Hauptpunkte: 1) die Klage, 2) die

---

[1] v. Schulte S. 421.
[2] S. Abschnitt IV.
[3] Wie sich dieses Zusammentreffen von Lücke und Umstellung erklärt, darüber s. Anmerkungen 23, 1.

Antwort des Beklagten, 3) den Beweis (mit Beweisanträgen, Beweisurteil, Beweisaufnahme), 4) das Urteil. Dasselbe Grundschema ergibt sich hier: Str. 15 —18 Klage, Str. 19—20 Antwort, Str. 20—24 Beweis, Str. 25—31 Urteil.

Nach altem Recht ist nun das Geschäft des Richtenden von dem des Urteilenden streng getrennt. Der Richter leitet nur und vollstreckt, aber er findet weder das Urteil mit noch darf er eine abgegebene Meinung widerreden.[1] In treuem Anschluss hieran scheidet sich in unserm Gedicht das Urteil: 1) in die Urteilsfrage der Richterin Str. 25; 2) in die Urteilsabgabe der Schöffinnen Str. 26—29; 3) in die resümierende Urteilsverkündung der Richterin Str. 30. 31. Die Urteilsfindung in unserm Gedicht geschieht, indem die Richterin eine aus den Schöffinnen, die Bescheidenheit, um Urteil fragt. Diese gibt das Urteil sofort von ihrem Platze aus ab, und die übrigen schliessen sich gemeinsam, ihren Vorschlag billigend, an. Es ist dies eine Form der Urteilsfindung, wie sie gerade in Königsgerichten bezeugt wird.[2]

Auch in seiner Sprache entnimmt der Dichter Vieles dem Rechtsgebrauche. Ich führe die betreffenden Ausdrücke der Reihe nach mit Hinweis auf Grimms Rechtsaltertümer oder das mittelhochdeutsche Wörterbuch an: *zuo dem mâle gên* 14, 6, vgl. Grimm S. 746. *gerihte suochen* 15, 2, vgl. mhd. Wörterb. 2¹, 648. *verslihten* 15, 4, vgl. mhd. Wörterb. 2², 396. *rihten* 18, 7, vgl. mhd. Wörterb. 2¹, 633. *antwürten* 19, 2, vgl. mhd. Wörterb. 3, 811. *schelten* 19, 4, vgl. Grimm S. 612 f. 643. 645 g. *gelten* 19, 6, vgl. Grimm S. 611. *ich bin unschuldec* 20, 1, vgl. 'de torto me adpellasti' Grimm S. 33. 856. *zîhen* 20, 2, vgl. Grimm S. 855. *des swer ich ûf dem alter dar, dâ Got ûf wart gewîhet* 20, 3, über Schwüre auf den Altar vgl. Grimm S. 897. 903. 893. *beziugen* 21, 7, vgl. mhd. Wörterb. 3, 919. *geniuze ich des ze rehte* 21, 8, vgl. Grimm S. 864. 90 Nr. 2. *helfet mir* 22, 5, vgl. Grimm S. 862. *diu mir sô gar der Sælden tür beslozzen hât aleine* 22, 7, über die rechtssymbolische Bedeutung der Tür vgl. Grimm S. 175 f.

---

[1] Grimm R.-A. S. 750.
[2] v. Schulte S. 439.

205. *frâgen* 25, 5, vgl. Grimm S. 750. *teilen* 25. 6. 26, 1. 27, 1. 31, 1, vgl. Grimm S. 768. 750. *daz reht sagen* 25, 7, vgl. Grimm S. 768. *volgen* 27, 3, vgl. Grimm S. 864.

Wir wollen nun sehen, wie weit der Dichter bei seiner juristischen Treue den Forderungen der Poesie gerecht wird.

Das Gedicht gliedert sich in einen einleitenden Teil, der Str. 1—4 mit dem Ort, Str. 5—12 mit den Personen der Begebenheit bekannt macht. Dann folgt die Verhandlungsscene Str. 14—31, und zum Schluss endlich die aufklärende Strophe 32.

Die Stätte des Gerichts erweitert der Dichter zu einer anmutigen Frühlingslandschaft, indem er auch den Blick auf die Umgebung lenkt. Er malt einen Platz vor einem Walde. Durch grüne Matten schlängelt sich ein krystallklarer Quell, von schönen Blumen umsäumt. Schattengebende Bäume mit lachenden Blüten. Vögel lassen süsse Weise erschallen.

Die poetische Stimmung wird durch einen märchenhaften Zug erhöht. Der Dichter wird nicht auf gewöhnliche Weise Zeuge der Begebenheit: Geführt von Frau Wildekeit kommt er an den Ort. Und was sich hier seinem Auge bietet, wird nicht nur als besonders schön, sondern als fast wunderbar hingestellt: *dâ sach ich bluomen manicvalt mêr danne zeinem soume* 1, 3. *von einem plâne ich nie gelas, der wære baz gerüemet* 2, 5. Der Dichter wird nicht müde, den Glanz und die Pracht des Richtercollegiums zu schildern: *in wünneclîcher wæte, nâch wünsche wol gezieret* sitzen die Tugenden da. An allen wird die reiche oder golddurchwirkte Krone hervorgehoben, von der Gerechtigkeit heisst es gar: *ir krône und ouch ir liehtiu wât die wâren alsô rîche, die wîle und disiu werlt gestât, in allem künicrîche daz nieman also guotez hât, daz disen zwein gelîche.* An ihnen liegt *der werlde wünne, hôher wunne spil*. Und auch durch innere Eigenschaften sind sie unübertroffen. Von der einen heisst es: *daz si sich verre baz dan alliu wîp versünne*, von einer andern: *daz ir genuht für alle tugende glize.*

Um die Tugenden zu beschreiben, wählt der Dichter zwar den poetisch ungünstigen Moment, wo sie bereits ver-

sammelt sind. Aber dennoch vermissen wir nicht künstlerische
Ueberlegung. Die Gerechtigkeit als Richterin wird vor allen
herausgehoben. Sie bespricht der Dichter an erster Stelle
und ihr widmet er besondere drei Strophen. Die übrigen
werden nach innerer Verwandtschaft in Gruppen abgehandelt
und zwar so, dass sich immer entweder drei oder vier zu einer
Gruppe zusammengestellt finden. Diese Gruppen von dreien
und vieren aber folgen in regelmässigem Wechsel aufeinander,
und auf eine Gruppe kommt jedesmal eine Strophe. Aus
dieser Ordnung heraus tritt allein die Kunst, die sich der
Dichter wolweislich als letzte in der Reihe aufspart: Ihrem
Erscheinen widmet er noch eine eigne Strophe.

Es folgt die Verhandlungsscene.

Der Dichter hat bereits unsre Teilnahme für die Kunst
durch den Gegensatz erregt, in den er zu dem Glückesüberfluss
der übrigen Tugenden ihren jammervollen Zustand stellt.
Sobald sie nun vor der Richterin erscheint, schafft er einen
neuen Contrast, durch den sie in vorteilhaftestes Licht gegen
die Beklagte tritt. Obwol sie, wie ihr Anblick zeigt, bittern
Anlass zur Klage hat, so bewahrt sie ein bescheidenes Be-
nehmen und hebt *mit zühten* ihre Rede an. Die Milde da-
gegen erdreistet sich sofort zu einem Ton frechen Leugnens,
in welchem sie selbst den Schwur beim Heiligsten nicht
scheut. Und doch steht sie von innerm Schuldgefühl bedrückt
da; *fröuden frî* erhebt sie sich, *der rede si bevilte*. Uns aber
ist auf diese Weise von vornherein jeder Zweifel genommen,
auf wessen Seite die Schuld zu suchen ist. — Sehen wir den
Dichter sich nun auch in dem allgemeinen Gang der Ver-
handlung streng an dem juristischen Schema halten, so zeigt
er sich doch den einzelnen Umständen gegenüber vollkommen
frei. Hilfsbeamte oder Nebenpersonen wie Schreiber, Fron-
bote[1] u. a. bleiben einfach fort, ebenso die für seinen Zweck
gleichgültigen Formalitäten, wie sie am Beginn und Schluss
der Sitzung, zwischen den verschiedenen Teilen der Verhand-
lung, bei der Einführung der einzelnen Personen üblich waren.[2]
Nach den Gesetzen künstlerischer Oekonomie verläuft die

---

[1] v. Schulte S. 393.
[2] Grimm R.-A. S. 852 ff. v. Schulte S. 400.

ganze Vorverhandlung in möglichst schnellem Tempo, während die eigentliche Verhandlung in breiter Ausführung dargestellt wird. So geschieht die Urteilsfindung des Beweisrechts nicht vor unsern Augen. Die Schöffen stimmen vielmehr dem Antrage der Kunst ohne weiteres mit kurzem *já* zu, worauf diese in lebhafter Anrede sofort die Zeuginnen vor die Schranken ruft. Auf diese Weise nutzt der Dichter zwar den Vorteil aus, die sämtlichen Personen des Gerichts von vornherein in Handlung treten zu lassen, er nimmt auch die Gelegenheit wahr, die Darstellung durch einen kurzen Dialog zu beleben: aber er hütet sich wol, sich, indem er hier schon eine Urteilsfindung schildert, die Wirkung für den Hauptteil vorwegzunehmen.

Der Takt des Dichters bewährt sich auch, wo ihm mehrere Formen zu Gebote standen. Er wählt einen Modus, nach welchem sich der Prozess auf der Stelle ohne zeitliche Zwischenräume und ohne juristische Episoden abspielt. Beide Parteien sind sogleich anwesend, und die Zeuginnen werden aus den Urteilenden selber genommen. Dass auch letzteres im Einklang mit der alten Rechtsauffassung steht, wird bei Grimm Rechtsaltertümer S. 785 nachgewiesen. Besonders glücklich ist die Form, die der Dichter für die Urteilsfindung verwendet. Sie gestattet ihm, die Tugenden unter dem unmittelbaren Eindruck des Moments vorzuführen. Sich übereifernd *wider strit* rufen sie der Richterin ihre Beistimmung zu, in immer heftigeren Ausdrücken Ahndung der Milde verlangend. So erwächst gerade zum Schluss ein Bild sich steigernder Erregung vor unsern Augen, das dann durch die Urteilsverkündung den gewünschten Abschluss erhält.

Aber auch ein innerer Fortschritt der Handlung zeigt sich.

Um dies nachzuweisen, muss ich versuchen, nun auch die inneren Fäden des Zusammenhangs wiederzufinden, die durch die Lücke verloren sind. Auf wen die erhaltene Zeuginnenstrophe geht, setzt die Parallelstelle 17, 5 ff. ausser Zweifel: auf die Milde. Dann können unter *gâbe* 24, 1 natürlich nur dichterische Spenden verstanden werden. Diese werden mit kühnerem Bilde 24, 3 als *krâm* bezeichnet, mit dem man ihr den Schrein füllt, und 24, 6 als *merz*, mit dem sie sich behängt; in *erze* aber 24, 8 haben wir ein viertes Bild für denselben Begriff. Es ist ebenso wie das vorherige *merz* in herabsetzendem Sinn zu nehmen und bedeutet also hier minderwertiges, gemeines Metall im Gegensatz zu den kostbaren Edelmetallen Gold und Silber. Die Zeuginnen sprechen demnach in dem Fragment aus: 'Wer der Milde gemeine Mache bieten kann, der erfreut sich ihrer Gnade. Mit feiler Ware füllt man ihr den Schrein, dass sie Ueberfluss daran hat. Mit solchem Flitterkram behängt sitzt sie da wie eine Kaiserin. Die Kunst aber muss dabei zu Grunde gehen: denn sie besitzt nichts Unwertes', d. h. nicht solche Ware, die allein noch Abnahme bei der Milde findet. Nun sollte man erwarten, dass sich die Bescheidenheit in dem Urteil, das sie nach dieser Aussage auf Ersuchen der Richterin gibt, direkt gegen die Milde richten wird. Statt dessen sind mit denen, gegen die sie sich wendet, wie aus 28, 4 klar hervorgeht, nur die *dienestman* der Milde gemeint. Hierdurch aber werden wir notwendig zu der Annahme geführt, dass auch in der Zeuginnenaussage bereits von diesen die Rede gewesen sein muss. In der Tat ist es gestattet, in dem unbestimmten *man* der erhaltenen Zeuginnenstrophe 24, 3 eine solche Beziehung zu suchen. Demnach beschuldigen also die Zeuginnen die Dienstmannen der Milde als diejenigen, die ihr die schlechte Poesie zutragen. Natürlich bezieht sich dann auch *man* in der folgenden Strophe der Gerechtigkeit auf die *dienestman* und diese sagt: 'Nun wol, treibt die Milde solchen Frevel, dass sie sich durch ihre Dienstmannen zur Belohnung ins Haus schleppen lässt, was diese Feiles finden, so ersuche ich nunmehr Dich, Bescheidenheit, Dein Urteil hierüber abzugeben.'

In dem verlorenen Teile der Zeuginnenaussage nun muss der Vorwurf gegen die Dienstmannen näher ausgeführt sein. In welcher Weise, dafür finden sich in dem Erhaltenen bestimmte Andeutungen. 26, 2 ff. lässt voraussetzen, dass von den Dienstmannen ausgesagt ist: sie haben für wahre Kunst nicht mehr Sinn, sondern lassen sich nur noch durch *künstelôse diet* ehren. 25, 3 sagt warum: sie suchen nur Wolfeiles. Aus Str. 24 folgt, dass hierauf ausgeführt ist, dass die Kunst nur seltene, teure Ware habe. Die Ausdrücke *merz* und *erze* aber, Vers 6 und 8, legen es nahe, dass dabei Metaphern wie Edelstein, Gold der Kunst angewandt wurden. Wie der Dichter dann von den Dienstmannen auf die Milde überging, ergibt sich zur Genüge aus 25, 2 f.: die Milde lässt dieses Treiben ihrer Dienstmannen zu, sie nimmt zur Belohnung entgegen, was sie ihr heimbringen. Hieraus aber wird der Schluss gezogen sein: auf diese Weise bleibt die kostbare Gabe der Kunst ungeehrt. Und damit schliesst die Lücke mit einem Satz, zu dem der Beginn des Erhaltenen den antithetischen Gegensatz bildet.

Nach hinten scheint demnach der Zusammenhang gefunden. Aber werfen wir nun den Blick nach vorn: Wie kommen die Zeuginnen plötzlich auf die *dienestman* der Milde? Die Kunst kehrt sich in ihrer Rede Str. 15—18 nur gegen die Milde selber. Diese allein ist es, die sie hier anklagt, die Künstelosen reich zu machen und die wahren Dichter verkümmern zu lassen. Aber als sie nach dem Leugnen der Angeklagten das zweite Mal das Wort nimmt, formuliert sie ihre Beschuldigung bestimmter. Sie gibt einesteils zu, dass sie in der Milde früher eine Gönnerin hatte, sie behauptet aber zugleich, dass dies jetzt anders sei und zum Beweise dessen führt sie an: *nû lât si mich versmæhen ie herren, ritter, knehte* 21, 5. Die Wahrheit dieser letzteren Aussage nun erbietet sie sich durch Zeugen zu erhärten. Die Zeuginnen werden demnach berufen, gegen die *herren, ritter, knehte* aufzutreten. Wenn sie statt dessen immer nur von den *dienestman* der Milde sprechen, so ist klar, dass unter diesen niemand anders als jene *herren, ritter, knehte* zu verstehen sind. Hiernach müssen wir also annehmen, dass die Zeuginnen im Anfang des verloren gegangenen Teils ihrer Rede die adlichen Verächter der Kunst, gegen die sie berufen sind, als die Dienstmannen der Milde hingestellt haben.

Mit dem so gewonnenen Zusammenhang leuchtet nun auch der Fortschritt der Handlung ein. Der Dichter benutzt das Leugnen der Angeklagten in glücklichster Weise als förderndes Element. Denn erst hierdurch kommt es zum Zeugenbeweis der Klägerin und damit wird die Verhand-

lung auf die adlichen Herren d. h. auf den Punkt gelenkt,
auf den sich dann das Ende zuspitzt. Dass in dem Sinne
des Dichters die Tendenz gegen die adlichen Herren von
vornherein lag, ist klar. Um so mehr ist die Feinheit und
Geschicklichkeit anzuerkennen, mit der er auf sie als die
eigentlichen Sünder wie unbeabsichtigt, durch den notwendigen
Lauf der Verhandlung getrieben, kommt. Dadurch aber, dass
die Zeugen die adlichen Herren als Dienstmannen der Milde
hinstellen, bleibt der Dichter zugleich seiner Erfindung treu.
Denn wenn auch das Urteil, das Uebel bei der Wurzel fassend,
sich eigentlich gegen die adlichen Herren kehrt, so trifft es
nun doch nicht weniger die Milde: denn mit der Ehre ihrer
Dienstmannen ist auch ihre eigene genommen.

II. DIE AUTORSCHAFT KONRADS VON WÜRZBURG.

Der Verfasser des Gedichts, mit dessen Analyse wir uns soeben beschäftigt haben, nennt sich in der vorletzten Strophe desselben *Kuonze*. Und die Handschrift überliefert das Werk unter dem Titel *Diz ist meister Conrades von Wirtzburg getichte von vnmiltickeit gein kuenstrichen leuten*.

Und wirklich versetzt uns 'die Klage der Kunst' in einen Gedanken- und Anschauungskreis, welcher jedem, der Konrads Werken eine auch nur oberflächliche Beachtung geschenkt hat, ein wolbekannter ist.

Die Tätigkeit dieses Dichters durchzieht ein gemeinsamer Zug, den wir als Charakteristicon des Epigonentums bezeichnen können. Wir sehen ihn überall bemüht durch die Poesie die Ideale einer Zeit festzuhalten, die, zur litterarischen Vergangenheit geworden, den Boden der Gegenwart verloren hatte. So tritt er in der Herzmäre für die Minne ein, die *der werlte ist worden wilde*, im Engelhard für die *triuwe, diu wil ûf erden werden gast*. An dem Trojanerkrieg soll *sælic bilde und edel bîschaft* nehmen *swer zuht und êre triute*. Konrad sieht also für die Hauptaufgabe seines Schaffens an, den abgestorbenen Sinn für die alten höfischen Tugenden neu zu beleben. Am deutlichsten erhellt diese Tendenz aus der Einleitung zum Partonopier. Hier handelt er von dem Zweck der Poesie und unter den drei Momenten, mit denen er ihren Nutzen begründet, nimmt die vorzüglichste Stelle ein, dass sie bestimmt sei *hoveliche site und alle tugentliche tât* zu lehren: indem sie verkündet *von aller der bescheidenheit, der wîlent schône*[1] *pflâgen die, der lîp nâch hôhen*

---

[1] *schône* fehlt in der Handschrift. Bartsch ergänzt *alle* vor *die*, was mir wegen des unmittelbar vorhergehenden *aller* wenig passend erscheint.

êren hie mit flîze kunde werben 28. Er stellt den Satz auf: *man überhüebe tugende vil, die niht ze liehte würden brâht, ob sanges unde rede gedâht nie wære in tiutscher zungen* 34.

Mit solchen Ideen sind wir direkt auf den Boden geführt, dem der erste Keim unsres Gedichtes, sein allegorisches Element, entstammt. Wenn hier die Kunst umgeben von Tugenden erscheint, so ist damit nichts anderes als jene moralisierende Tendenz Konrads zum Ausdruck gebracht. Und wenn es in der Verhandlung zu der Erklärung der Tugenden kommt, die Verächter der Kunst verlassen zu wollen — was finden wir darin anderes ausgesprochen als abermals den Konradischen Gedanken, dass gewisse Tugenden nur durch die Poesie vermittelt werden? Die Tugenden aber, auf die hier hingedeutet wird, sind in erster Reihe wieder ganz im Konradischen Sinne höfische. Denn vorzüglich höfische Tugenden sind es, die in dem Gedicht auftreten. Und so erklärt es sich, warum der Schiedsspruch der Bescheidenheit den Feinden der Kunst gerade mit dem Verluste der Minne droht: die Minne repräsentiert den Inbegriff aller höfischen Tugenden. Parton. 32 heisst es *sin wirde muoz verderben, der guot getihte smæhen wil.* Wir können diesem Satz das Endurteil der Richterin in unserer Allegorie gegenüberstellen *swer rehte kunst niht minne ..., den lât mit ungewinne hie leben durch den ungefuoc, den er hât an dem sinne* 30, 4.

Aber auch das spezielle Thema unsers Gedichts, die Klage, die wir aus dem Munde der Kunst vernehmen, kehrt in allen ihren charakteristischen Momenten bei Konrad wieder. Wir können hier zunächst auf eine Anzahl Lieder hinweisen, die wie unser Gedicht die falsche Milde der vornehmen Herren zum Gegenstand ihrer Polemik machen, eine hohe Auffassung von dem Wesen der Kunst zu erkennen geben und denselben Gegensatz zwischen *künstelôsen* und *künsterîchen* statuieren.

25, 1 (Bartsch S. 378) stellt Konrad das Beispiel der Aspis auf, die um böser Rede zu entgehen sich die Ohren verschliesst. *owê daz nu der selbe list niht mangen herren decket* 7. Aber sie lassen sich erfreuen durch das *lasterlich gebrehte* eines Schalks: *swaz ein zühtic man geseit, daz hânt si für ein gougelspil* 19.

32, 166 (Bartsch S. 394) erzählt er die Fabel von dem Esel, der, das Beispiel eines 'höfischen' Hundes nachahmend, liebkosend auf seinen Herrn springt und sich dadurch Prügel erwirbt: *sus entuot der edele niht, der einen künstelôsen schalc triutet, dem er sînen balc mit stecken solte weichen* 174. Die Verse 177 f. *dur sîn gebrehte kan er im rîliche miete sleichen, und wil gefüegem man durch kunst enheine gâbe reichen* klingen an die Klage der Kunst 17, 1—4 an.

32, 181 (Bartsch S. 395) verwünscht er die *edelen tumben*, die sinnlosen Toren *hôher gâbe lœne* zuwenden und nicht zwischen eigener und gestohlener Kunst zu unterscheiden wissen: *wære ich edel, ich tæte ungerne eim iegelichen tôren liep, der die meister als ein diep ir künste wolte rouben* 189.

32, 301 (Bartsch S. 398) handelt Konrad davon, dass die Poesie allen Künsten voranstehe und allein nicht gelehrt werden könne:[1] *ûz dem herzen klingen muoz ir begin* 307, vgl. *swer kunst in sînem herzen hât* Kl. d. K. 17, 1.

Weiter kommen der zweite Teil der Einleitung zum Partonopier und der Eingang zu dem andern grossen Werke Konrads, zum Trojanerkrieg, in Betracht. Auch in diesen Werken richtet sich der Dichter gegen die Ausübung der falschen Milde. Die Kunst gilt als angeboren: *dem edelin kunst und edeler sin wont in sînem herzen bî* Parton. 102. *swaz liste in sînem herzen lît* Parton. 146 und vgl. die breite Ausführung Trojan. 72 ff. Wir finden ferner die Scheidung zwischen *künsterichen* und *künstelôsen* wieder: Und in beiden Werken wird genau wie in unserm Gedicht die traurige Erscheinung des abnehmenden Kunstinteresses auf die Concurrenz zurückgeführt, der jene durch diese ausgesetzt sind. Wenn die Kunst in unserm Gedicht ihre Vorwürfe gegen die Milde in die Worte fasst: *swer kunst in sînem herzen hât, den kan si wol versmâhen; swer abe dâ âne fuoge stât, dem wil si balde nâhen* 17, 1, so drückt Konrad im Trojanerkrieg das Resultat seiner Ueberlegung dahin aus: *swer sich ûf tihten pinet, der kan sich selben tœren: man wil ungerne hœren wol sprechen unde singen. unfuoge*

---

[1] Ueber das Neue dieser Auffassung vgl. Burdach, Reinmar der Alte und Walther von der Vogelweide S. 31.

diu kan dringen vür aller zühte mâze 170 und im Partonopier: *swie gerne ein künste rîcher man wil tihten swaz er guotes kan, sô ist der tumben alsô vil, der iegelicher tihten wil, daz der geswîgen muoz vor in, dem edeliu kunst und edeler sin wont in sînem herzen bî* 97.

In der Einleitung zum Trojanerkrieg drängt sich ein Moment stark hervor, das der Einleitung des Partonopier fehlt. Den Dichter beschäftigt der Widerspruch, der darin liegt, dass in der Poesie das Gewöhnliche dem Selteneren im Preise voransteht. Wir erinnern uns sofort, dass wir dies als Pointe der Zeuginnenrede in unserm Gedicht nachgewiesen haben.

Im Trojanerkrieg macht der Dichter die Seltsamkeit der Erscheinung durch Bilder klar. Die schlechte Dichtung wird mit einer Sache verglichen *der man hie gnuoc gewinnen und alze vil gehaben mac* 18, die *wol veile* ist 26. Sie heisst *ein füler und ein bœser funt* 167, etwas das durch falschen Glanz lockt 156. Dagegen wird die wahre Kunst *tiur unde fremde* genannt 15, als ein Schatz bezeichnet 147, als ein echter Edelstein, als ein *weise* 20 oder als *gimmen reine* 24.

Selbst nun in dieser bestimmten Wendung des Gedankens stehen wir Bekanntem gegenüber. Wir erinnern uns aus unserm Gedicht nicht nur ähnlicher, sondern zum Teil derselben Bilder. Hier wurde die Gewöhnlichkeit und Käuflichkeit der Kunst durch Ausdrücke wie *gengiu gâbe, krâm* oder *swaz man dâ vindet veiles* versinnlicht, ihre Wertlosigkeit durch *erze*, ihr trügerischer Schein durch *merz*. Und wir konnten zeigen, dass in einem verloren gegangenen Teile unseres Gedichtes auch der wahren Kunst Begriffe zukamen, die den aus dem Trojanerkrieg angeführten vollkommen entsprechen.

Wir sehen also, wie sich der Inhalt unseres Gedichts bis in alle seine Einzelheiten aus den Werken Konrads von Würzburg zusammensetzen lässt, und ich will nun zeigen wie auch die poetische Erfindung zu der Art dieses Dichters stimmt.

Eine allegorische Personification haben wir auch in 'der Welt Lohn'. Und die Neigung sittliche Begriffe zu personifizieren beobachten wir in Konrads Werken allgemein. So erscheint im Eingang des Engelhard die Treue, in der Herzmäre die Minne personifiziert. Aber besonders sei auf seine ausführlichste Zeitbetrachtung, das Tanzlied (Bartsch S. 351 ff.), hingewiesen. Hier treten sowol die alten Tugenden wie die neuen Laster sämtlich als Personen auf, die der Dichter sich im Kriege gegeneinander vorstellt.

Das Besondere der poetischen Erfindung in der Klage der Kunst stellt sich in drei Elementen dar:

1) der Versinnbildlichung des Themas an dem äusseren Erscheinen des personifizierten Begriffs;

2) der Durchführung des Themas in prozessualischer Form der Allegorie;

3) der landschaftlichen Einleitung.

Was nun den ersten Punkt betrifft, so finden wir in Konrads Engelhard dasselbe Mittel den Niedergang der alten Treue vor Augen zu führen. Auch hier wird eine glanzvollere Vergangenheit der Aermlichkeit des gegenwärtigen Zustandes gegenübergestellt. Hiess es in unserm Gedicht von der Kunst: *der was ir wât zerbrochen ûze unt inne* 12, 7, so heisst es im Engelhard von der Treue: *ir liehten kleider leider blint durch valschen orden worden sint* 3. Hiess es bei uns von jener: *an fröuden dürre alsam ein strô was si von sender quâle* 14, 1, so lesen wir hier von dieser: *ir varwe garwe siuberlich von swachen sachen trüebet sich* 9.

Dass der Dichter der Klage der Kunst die prozessualische Form mit wirklicher Sachkenntnis durchführt, sahen wir oben. In Konrads von Würzburg Werken aber tritt das juristische Verständnis in solchem Masse hervor, dass Richard Schröder daraus auf einen Lebensberuf des Dichters als Schöffen oder Fürsprecher geschlossen hat.[1] Schröder, der in einer Reihe von Aufsätzen den Spuren alten Rechts in mittelhochdeutschen Gedichten nachgegangen ist,[2] hat denn auch auf Konrad von Würzburg in erster Linie seine Aufmerksamkeit gerichtet. Der Schwanritter, der Trojanerkrieg,

---

[1] Zeitschrift für deutsche Rechtsgesch. 7, 132.

[2] Zeitschr. für deutsches Alt. 13, 139—161. Zeitschr. f. deutsche Rechtsgesch. 7, 131—143. Zeitschr. für deutsche Philol. 1, 257—274. 2, 302—305.

Silvester, Alexius, Otto, Engelhard, alle diese Werke boten in dieser Beziehung Stoff. Am ergiebigsten erwies sich der Schwanritter. Und dieses Gedicht hat auch für uns hier ein besonderes Interesse. Denn erstens ersehen wir aus ihm deutlich, dass die juristische Schärfe in der Tat ein besonderes Kennzeichen gerade Konrads von Würzburg ist. Dies lehrt der Vergleich, welcher hier mit einer Anzahl anderer Dichter frei steht, die sich an demselben Stoff versucht haben. Wolfram[1] in seinem Parzival 824 ff. kennt weder eine Rechtsfrage überhaupt noch den Zweikampf. Dasselbe ist bei dem Dichter des jüngeren Titurel[1] der Fall. Im Lohengrin,[1] in dem eine andere Rechtsfrage vorliegt, erkennt der Kaiser wie bei Konrad auf gerichtlichen Zweikampf. Doch während bei Konrad dies mit Beachtung aller Regeln des Rechts erst auf Antrag des Klägers und nach Erschöpfung des Instanzenzugs geschieht, gibt der Kaiser im Lohengrin juristisch völlig unmotiviert ohne weiteres seine Entscheidung. Auch Berthold von Holle[2] endlich, der in seinem 'Crane' 2075 ff. einen ähnlichen Erbschaftsstreit wie Konrad im Schwanritter vorführt, behandelt den Gegenstand ganz unjuristisch.

Zweitens aber tritt der Schwanritter in den Kreis unserer Betrachtung, weil auch er eine Gerichtsverhandlung enthält. Der Herzog von Sachsen hat die Herzogin von Brabant und deren Tochter auf Grund seines Intestaterbrechts, aber im Widerspruch mit der letztwilligen Verfügung des Erblassers des Landes beraubt. Dies führt die Herzogin als Klägerin vor das Gericht, das der König in der Pfalz, umgeben von seinen Fürsten, hält. Wie in der Klage der Kunst sind beide Parteien anwesend, und wie dort spielt sich die Handlung an einem Ort und ohne zeitliche Unterbrechung ab. Wie in der Klage der Kunst folgt auf die Rede der Klägerin und die Gegenrede des Angeklagten eine Replik der ersteren, und wie dort verkündet der Richter das Urteil, nachdem es von den Schöffen, hier den Fürsten, gefunden.

Nach weiteren Uebereinstimmungen im Prozessgange

---

[1] S. R. Schröder Zeitschr. f. deutsch. Alt. 13, 150.
[2] S. R. Schröder Zeitschr. f. deutsch. Alt. 13, 153.

der beiden Gedichte zu suchen, ist bei der Verschiedenheit ihres Gegenstandes nicht angebracht. Um so mehr aber verdienen einige Rechtsanschauungen und Ausdrücke, die sich in beiden Gedichten gemeinsam finden, bemerkt zu werden.

Auch im Schwanritter wird auf die göttliche Institution des Richteramts besonders hingewiesen. Der König sagt 512: *sît daz mich got ûf erden zeime rihter hât gezelt*, vgl. damit *got selbe hæte si gesant dâ her ûz himeltrône* Kl. d. K. 6, 1. Als die Herzogin im Schwanritter vor den König tritt, heisst es von ihr 69: *und suochte an im gerihte*, vgl. damit die ersten Worte der Kunst: *ich suoche an dir gerihte* 15, 2. Im Schwanritter wird als die Pflicht des königlichen Richters hervorgehoben: *allez daz verslihten swaz krumbes dinges wære dâ* 270, vgl. damit die Forderung in der Klage der Kunst 15, 3: *durch die vil hôhen êre dîn mîn krumbez dinc verslihte.*[1] Im Schwanritter fleht die Herzogin 306: *sô rihtet mir diz herzeleit*, vgl. damit in der Klage der Kunst 18, 7: *sô rihte dû diz herzeleit.*[2]

Vollkommen aber nun stehen beide Gedichte auf einer Stufe in der künstlerischen Behandlung des Juristischen. Und dies sei um so mehr hervorgehoben, als sich der Charakter beider Werke nach einer Seite sehr wesentlich unterscheidet. Denn während in der Klage der Kunst das juristische Element nur als Mittel der Darstellung dient, so ist im Schwanritter zugleich der Gegenstand des Gedichts selber juristischer Natur. Wie wahrt Konrad gleichwol auch hier den Forderungen der Poesie das Recht?

In der Klage der Kunst war das Hauptinteresse der Schilderung auf die Urteilsfindung verlegt: im Schwanritter nun, wo diese nur juristisches Interesse hat, sehen wir sie völlig hinter die Scene verwiesen. Dass sie stattgehabt hat, merken wir allein daraus, dass sich der König in seiner Urteilsverkündung zweimal auf den gemeinsamen Beschluss der Fürsten bezieht 497. 506 f. Weiteren sachlichen Aus-

---

[1] Vgl. auch Trojan. 2124 *si* (die Minne) *machet sleht gerihte crump und die krumben sache sleht.*
[2] S. Anmerkungen 18, 7.

einandersetzungen aber geht Konrad aus dem Wege, indem er ein provisorisches Urteil finden lässt, das die eigentliche Rechtsfrage einem späteren ordentlichen Gerichte vorbehält.

Wird so das Juristische auf das richtige Mass zurückgeführt, so lassen sich andrerseits auch in diesem Gedicht neben dem Juristischen überall rein poetische Elemente herauslösen.

Konrad begnügt sich nicht, die beiden gegnerischen Parteien die Rechtsgründe ihrer aufeinanderstossenden Ansprüche entwickeln zu lassen. Wir sehen in dem Herzog zugleich den rücksichtslosen Gewalttäter, der, sich im Besitz der Macht wissend, übermütigen Trotz zur Schau trägt:

> swer mir sîn erbe wolde
> enpflœhen ûz der hende mîn,
> er müeste vil gewaltec sîn
> über mich naht unde tac.
> den kriec, den ich geleisten mac,
> den müeste er iemer lîden,
> ê daz ich welle mîden
> daz reht vil maneger hande,
> daz ich hân zeme lande (404—412).

Die Herzogin dagegen ist mit allen rührenden Momenten der Situation ausgestattet. Sie tritt uns als das durch den Tod des Mannes und den Verlust des Landes doppelt hilflose Weib entgegen. Und der momentane Eindruck wird noch erhöht, indem wir an der Hand der Mutter die Tochter sehen, eine Jungfrau:

> und hæte si niht grimmen
> und ungeschriben smerzen
> gehabet an ir herzen
> umbe ir liute und umbe ir lant,
> sô wære an ir der wunsch bekant
> und aller sælden überhort (292—297).

Pocht ihr Gegner auf seine Macht, so weist sie denn nun auf ihre Schwäche hin:

> wir sîn zwei kreftelôsiu wîp;
> dâ von sô mügen wir niht urlogen
> mit eime rîchen herzogen,
> der guot hât unde sterke (424—427).

Sie nennt sich und die Tochter selbst *arme frouwen* und wendet sich nicht nur an die Gerechtigkeit, sondern ebenso sehr an das Mitleid des Richters: *lât iuch mîn bitter ungemach erbarmen, herre tugentrîch* 302. *lât mîne tohter unde mich gnâd unde reht beschouwen* 344. *dar an der künec, mîn herre, sol erbermeclîchen hiute sehen* 476. *er zeige uns sîn gerihte sleht und sîner gnâden stiure* 482. Wie in der Klage der Kunst, so stellt also der Dichter auch hier zwischen Kläger und Beklagtem einen Contrast auf, der unserer Teilnahme von vornherein eine bestimmte Richtung gibt. Dieses Mittel ist aber hier um so wirkungsvoller, als das Recht für beide Teile gleich zu sprechen scheint. Der Dichter setzt somit neben das objektive Recht ein subjektives, neben das Recht des Gesetzes ein Recht der Empfindung. Das aufschiebende Urteil des Königs aber tut beiden Genüge.

Auch die Urteilsschelte wird nach der poetischen Seite ausgenutzt, indem der Dichter die Wirkung auf die Stimmung der Beteiligten vor Augen führt. Hier das Entsetzen der Herzogin, der ein Blick auf den Gegner die Aussichtslosigkeit des Kampfes klar macht:

<pre>
        er was sô lanc gewahsen
        daz er ze risen wart gezelt.
        dâ von den strîtbæren helt
        nieman getorste dô bestân (596—599).
</pre>

Dort die Betrübnis des Königs, der, den Pflichten des Amtes gehorchend, nur *mit leide* das Wort nimmt und erst versucht den Herzog umzustimmen:

<pre>
        liez aber anders scheiden
        den kriec der herzoge ellenthaft,
        daz wolde ich und mîn ritterschaft
        verdienen iemer wider in (624—627).
</pre>

Durch diesen Versuch aber ist der Herzog genötigt, noch einmal und entschiedener seinen Antrag auf Gottesgericht zu wiederholen. Und so wird der entscheidende Moment der Verhandlung auch zum Gipfelpunkt der dichterischen Darstellung erhoben.

Wie vortrefflich endlich ist die Lösung, das Eintreten des Schwanritters, vorbereitet! Die Mutter lässt angstvoll ihre Augen *alumbe swingen*, des Kämpfers harrend, wie der Falke seiner Nahrung. Aber alles Flehen, alle Tränen sind vergebens. Bis zu diesem Moment hat sich die Tochter zurückgehalten, schweigend hat sie an Allem teilgenommen. Nun aber tritt sie in den Kreis, und so erschütternd klingen ihre Klagen ans Ohr der Umgebung, dass *manec ritter mære* mit ihr in Weinen ausbricht. Aber immer noch regt sich niemand. Jetzt hat sie, an menschlicher Hilfe verzweifelnd, ihre Hoffnung allein noch auf Gott gesetzt:

> dô stuont der ritter ûf zehant,
> der von dem swanen in daz lant
> was gefûeret unde brâht. (739—741).

Wenn wir uns auf die Analyse des Schwanritters etwas ausführlicher eingelassen haben, so ist dies einer Behandlung gegenüber, wie sie Konrad neuerdings in einer Dissertation [1] erfahren hat, gewiss am Platze. Es ist wahr, Konrad gehört nicht zu den Dichtern, die einen umfassenden Stoff einheitlich durchdrungen und gestaltet haben. Er steht auch nicht in jedem Moment seinem Gegenstand mit gleicher Liebe und Aufmerksamkeit gegenüber. Gleichwol hat er in Einzelscenen und Situationen manchmal wirklich Künstlerisches geleistet. Der Schwanritter konnte einen neuen Beleg hierfür bieten: Die Klage der Kunst, die ihm dichterisch gleichsteht, schliesst sich also auch in dieser Beziehung nur dem Charakter Konrads an.

Es bleibt nun noch der Nachweis für die landschaftliche Einleitung. Hier dient uns dasselbe Gedicht Konrads, dessen Eingang ich schon für den ersten Punkt heranzog. Im Engelhard, als der kranke Dietrich im Freien Erholung sucht, also unter völlig veränderten Umständen, treffen wir unsere Gerichtslandschaft mit allen ihren Zügen wieder. Der Mittel-

---

[1] Van Look 'Der Partonopier Konrads von Würzburg und der Partonopeus de Blois'. Goch 1881. In dem Capitel 'Vergleichung des Partonopier mit dem Partonopeus' S. 17 ff. wäre der Verfasser zu einer intimeren und zugleich gerechteren Würdigung Konrads gelangt, wenn er es als seine Aufgabe betrachtet hätte, eine auf alle Punkte gleichmässig eingehende Prüfung des Verhältnisses zwischen dem deutschen und dem französischen Dichter zu unternehmen. Vgl. übrigens Edw. Schröder in der deutsch. Literaturz. 1881. Sp. 1813 f.

punkt der Handlung wird als ein Platz unter einem schattigen Baum geschildert, der an kühlem Quell steht; die Umgebung als ein von einem Bach durchrieselter Plan, und auch der Blumenreichtum in der Nähe des Wassers wird hervorgehoben. In der Klage der Kunst heisst es 2, 7: *der meie het dâ wol sîn gras gerœset und geblüemet;* im Engelhard 5326: *der liehte süeze meie was komen dô mit siner maht.* In der Klage der Kunst schildert der Dichter Str. 3:

>dar obe stuont ein schatehuot
>gewünschet wol nâch prîse.
>man sach dâ lachen wîze bluot
>ûf dem grüenen rîse
>(des man ze winter niht entuot
>bî dem vil kalten îse),
>dâ sâzen vogel ûfe guot
>und sungen süeze wîse.

Im Engelhard 5330:

>ûz grüenem loube glesten
>sach man die snêwîze bluot.
>diu was des brunnen schatehuot
>und hæten sich gehûset drin
>diu wilden waltvogellîn
>vor der hitze durch gemach...
>ir niuwen sumerwîse
>erklancten si dar under.

Die beiden Gedichte treffen also selbst in der Metapher *schatehuot* zusammen, die in diesem Sinne bei keinem Dichter ausser Konrad belegt ist. Auch für die andre Metapher *dach* finden wir Engelh. 5336 einen entsprechenden Ausdruck in *überdach*.

Halten wir uns alle diese vielfachen und sich aus so verschiedenen Werken Konrads bietenden Parallelen gegenwärtig, so werden wir auch ohne den Titel der Handschrift dahin gebracht, in dem *Kuonze* unseres Gedichts keinen anderen als Konrad von Würzburg zu erkennen. Führt sich ja dieser Dichter zudem auch in dem Tanzliede (Bartsch S. 355) unter der Namensform *Kuonze* ein. Gleichwol nun ist die Autorschaft Konrads von Würzburg in Bezug auf 'die Klage der Kunst' bestritten worden. Schon Wilhelm Grimm 'Zur Geschichte des Reimes' S. 87 zweifelt die Echtheit des Gedichts an. Ganz entschieden aber weist sie Wilhelm Wackernagel zurück.

Zuerst in seiner Litteraturgeschichte § 43, 89. Dann in Pfeiffers Germania 3, 262: '... dennoch fahre ich fort und behaupte noch wie schon in meiner Litt.-Gesch. S. 114, dass auch über dem *getichte von rumiltickeit gein kuenstrichen leuten* (Bl. 253ᵇ—255) der Name *meister Conrades von Wirtzburg* ein grober Irrtum des Würzburger Schreibers ist und ein noch gröberer Irrtum v. d. Hagens in seinen Minnes. 3, 334 ff. diese Ueberschrift zu wiederholen.' So spricht sich Wackernagel aus, nachdem bereits die Ausgabe des Engelhard erschienen war, in der das Gedicht ohne Bedenken als Werk Konrads behandelt wird. Leider hat uns Wackernagel weder in der Germania noch in der Litteraturgeschichte noch anderswo die Gründe genannt, welche ihn bei seiner Ansicht geleitet haben. Ja wir wissen nicht einmal, wie er sich zu den Aenderungen Haupts stellt, die dieser in dem Gedicht vorgenommen hat, wo es sich den Gesetzen Konrads nicht fügte.

So wird es denn nun meine Aufgabe sein, aus der Sprache, der künstlerischen Technik und dem Stil unsers Gedichts zu zeigen, wie weit bestätigt oder widerlegt wird, was uns die Betrachtung seines Inhalts und der poetischen Erfindung ergeben zu haben schien.

Ueber die **Sprache** darf ich kurz hinweggehen, da nur die 2. Singularis auf -s in *teiles* und *heiles* 25, 6. 8 und die Synkope *gedruht* 11, 7 zu einer Bemerkung Anlass bietet.

Für die 2. Singularis auf -s lässt sich aus Konrad — wenn ich nichts übersehen habe — nur noch *sis* (: *amis*) Parton. 15016 neben *sist* : *gist* Parton. 8191, *sist* : *list* Silv. 5101 anführen.

Statt *gedruht* findet sich in andern Werken Konrads nur *gedrücket* z. B. Trojan. 2269. 6388. 6393. 22002. 29324. 30889; ebenso heisst es stets *verdrücket* z. B. Trojan. 8281. 18062, 18324; *gezücket* Trojan. 6394. 17128. 18061; *entzücket* Trojan. 22623 u. s. w. Aber dass sich gerade in diesen Fällen die Synkope nicht belegen lässt, beruht wol auf Zufall, da Konrad sonst die vollere und kürzere Participialform vielfach nebeneinander gebraucht. Wir finden z. B. *bedecket* Trojan. 17403. Parton. 2641. 16200. 18776. Turnei 311 und *bedaht* Trojan. 38398. Parton. 5172. Turnei 514; *verdecket* Parton. 5200. 6025. Turnei 375 und *verdaht* Turnei 1038. Trojan. 39618; *gestecket* Trojan. 17404 und *gestaht* Parton. 5171; *verwürket* Parton. 8331. 8853. 9199. 9289. 10927. Otto 421. 455 und *verworht* Parton. 8378. 15575; *gewürket* Trojan. 3017. 12728. 17620 und *geworht* Trojan. 17624. 38139. 39317. Parton. 1030; *gesendet* Trojan. 23071. 27442. 28426. 35221 und *gesant* Trojan. 18013. 25323. 27648. 27540; *besendet* Trojan. 13377. 17343. 24545 und *besant* Parton. 5016; *gewendet* Parton. 6691. 9269 und *gewant* Parton. 1861. 5614; *geschendet* Parton. 9270. 8009 und *geschant* Parton. 6194. 8200; *verswendet* Trojan. 39222 und *verswant* Trojan. 31726; *gepfendet* Trojan. 17070 und *gepfant* Trojan. 18946; *enzündet* Trojan. 11319. 14699. 20342 und *enzunt* Trojan. 7677. 8549. 12621. 15970; *gezündet* Trojan. 26255 und *gezunt* Trojan. 38600; *ermürdet* Trojan. 13171 und *ermurt* Trojan. 14464; *gegürtet* Trojan. 39660. Parton. 14442 und *gegurt* Trojan. 34884. 35110; *begürtet* Trojan. 32832 und *begurt* Parton. 15852; *gehürtet* Trojan. 32831 und *gehurt* Trojan. 34883. 35109; *behüetet* Trojan. 20956 und *behuot* Trojan. 19078. 19491. 30152; *bereitet* Trojan. 39663. Parton. 3977 und *bereit* Trojan. 19078; *gestellet* Trojan. 12403. 15197. 16151. 18887 und *gestalt* Trojan. 16908. 21757. 27653. 36938; *gevellet* Trojan. 12404. 33551. 35997 und *gevalt* Trojan. 35515; *genennet* Trojan. 24887. 26987. 29934. 30369 und *genant* Trojan. 30374. 30614. 32112. 34668; *erkennet* Trojan. 24888. 26021. 26988. 27565 und *erkant* Trojan. 30120. 30373. 34667. 35931; *bekennet* Trojan. 18134. 37920. Parton. 10227 und *bekant* Trojan. 26265. Parton. 12867; *gerennet* Trojan. 31656. 35968. und *gerant* Trojan. 31081. 35860. 36046; *entrennet* Trojan. 32269. 39728 und *entrant* Trojan. 35541; *enbrennet* Trojan. 22889. 23540. 28570 und *enbrant* Trojan. 28395. 32215. 35932; *versperret* Parton. 9432 und *verspart* Trojan. 38648; *geküsset* Trojan. 20815. 20826. 21275 und *gekust* Trojan. 20812. 22004. 22907; *erlœset* Trojan. 35911. 36275 und *erlôst* Trojan. 24326. 28468. 35579.

Demnach kann *gedruht* neben *gedrücket* nicht gegen die Autorschaft Konrads entscheiden. Wenn aber Konrad in diesem wie in dem andern Falle in der Klage der Kunst zu Formen greift, die ihm nicht gewöhnlich sind, so erklärt sich dies hinreichend daraus, dass er in diesem Gedicht immer viermal einen gleichen Reim finden musste.[1]

Die den Versgesetzen, die Haupt an Konrad beobachtet hat, widersprechenden Fälle sind sämtlich leicht und gewöhnlich schon aus andern Gründen zu ändern. So der Hiatus 1, 2. 26, 3. 30, 3. Apokope des tonlosen e vor anlautendem Consonanten 19, 2. 21, 1. 21, 6. Synkope des tonlosen e vor auslautendem Consonanten 1, 6. 4, 6. Alle diese Stellen hat bereits Haupt bemerkt und meistens glücklich beseitigt.

Nur eine Strophe macht unüberwindliche Schwierigkeit. Es ist die dreizehnte. Hier begegnet Vers 4 : 6 eine auffällige Bindung, die sich allerdings aus dem vierfachen Reime genügend erklärt; Vers 6 ein Hiatus; und zu diesen Unregelmässigkeiten gesellt sich noch drittens Vers 5 ein $\dot{\alpha}\pi\grave{o}$ $\varkappa o\iota\nu o\tilde{v}$.

Haupt nun will Vers 5 ohne $\dot{\alpha}\pi\grave{o}$ $\varkappa o\iota\nu o\tilde{v}$ auskommen (zu Engelh. S. 237). Aber ohne Zwang ist dies wol kaum möglich. Den übrigen Teil der Strophe hält er für verderbt und sucht Sinn und Form zu bessern, indem er für die letzten Zeilen vorschlägt: — *was, sô sêre iezuo zeslizzen dâ liehte borten als ein glas ê ûz vil schône glizzen.* Doch fordert der Sinn keine Aenderung. Denn ohne Zweifel hat Docen Mus. 1, 67 mit der Erklärung das Richtige getroffen, die Haupt 'als wunderlich' bei Seite schiebt. Unter *liehte borten* sind 'die durchscheinenden Stellen des Nackten' zu verstehen d. i. die weisse Haut, die wie glänzende Borten streifenweis durch die Schlitzen des zerrissenen Kleides hervorschimmert. *sô sêre iezuo* für den Hiatus schliesst sich graphisch sehr hübsch an die Ueberlieferung, bürdet aber dem Dichter eine schwer erträgliche Tautologie auf. Besser möchte passen: *zerzerret und zerrizzen.* Könnte man den Hiatus also auch auf diese Weise fortschaffen, so lasse ich gleichwol dahingestellt, wie

---

[1] Ueber andre Doppelformen bei Konrad s. Steinmeyer in der Zeitschr. f. deutsch. Alt. 19, 233.

weit er hier begründeten Anstoss gibt: denn es wird sich zeigen, dass die Echtheit der Strophe überhaupt anzuzweifeln ist.

Der Gedanke Vers 7 ff. erinnert an Parzival 257, 8, wo es von Jeschute heisst: *ouch heten die este und etslich dorn ir hemde zerfüeret: swa'z mit zerren was gerüeret, dâ saher vil der stricke; dur unde liehte blicke, ir hût noch wîzer denn ein swan.* Unsers Dichters *liehte borten* klingen an Wolframs *liehte blicke* an und *zerzerret* — wenn so für *so sere ir* gelesen werden muss — an *mit zerren was gerüeret.* - Paul 'Gab es eine mhd. Schriftsprache' S. 8 behauptet von Wolfram: 'Wiewol er Hartmanns Gedichte gekannt hat, wird sich doch keinerlei Nachahmung in Stil und Redewendungen nachweisen lassen.' Dennoch, glaube ich, wird man in der eben angezogenen Stelle Wolframs Vorbild im Erec 322—41 suchen dürfen, vgl. besonders 327: *dar under was ir hemde sal und ouch zebrochen eteswâ: sô schein diu lîch dâ durch wiz alsam ein swan.* Allen drei Dichtern nun schwebt der Contrast zwischen körperlicher Schönheit und äusserer Dürftigkeit vor. Aber anstatt des ausgeführten Vergleichs bei Hartmann und Wolfram findet sich in unsrer Strophe nur Andeutung des Bildes durch eine Metapher, anstatt der selbständigen Ausmalung nur beiläufige Erwähnung am Ende der Strophe in einem Nebensatze — kurz wir haben den Eindruck einer flüchtig auftauchenden Reminiscenz, die für den Hörer schwer verständlich bleibt, wenn er die Anspielung nicht kennt. Diese dunkel andeutende Redeweise eint sich nicht allein wenig mit dem an Konrad bekannten Stilcharakter, sie fällt auch aus der behaglichen Breite dieses Gedichts. So spontan nun aber der Gedanke in der Darstellung auftritt, ebenso schnell müsste er dem Dichter aus dem Gedächtnis geschwunden sein. Denn schon die unmittelbar folgenden Verse führen uns auf eine direkt widersprechende Vorstellung. Oder muss sich mit den Worten *an fröuden dürre alsam ein strô was si von sender quâle* etc. der Phantasie des Lesers nicht unwillkürlich das Bild einer abgehärmten Erscheinung aufdrängen?

Aber auch der erste Teil der Strophe vereint sich nicht

mit der folgenden. Denn nachdem der Dichter in der 13. Strophe den traurigen Zustand der Kunst beschrieben und in Ansehung dessen die Reflexion angestellt hat: *ob si an fröuden sit genas*, kann er nicht 14, 1 wie eine neue Tatsache erzählen: *an fröuden dürre alsam ein strô was si*. Man müsste ihm denn die Geschmacklosigkeit zutrauen, in zwei unmittelbar aufeinanderfolgenden Strophen beidemal am Beginn dieselbe Tatsache mit anklingenden Worten zu erzählen. Die Worte 14, 1. 2 könnten ihre Stelle nur in bestimmter Beziehung zu 13, 1. 2 haben, etwa in der Gedankenverbindung: 'ob ihr später das Glück günstiger war, weiss ich nicht: jetzt wenigstens hatte sie das Glück ganz verlassen.' Aber dieser Gegensatz ist schon durch 13, 3 ff. vorweggenommen!

Nicht nur den Zusammenhang an dieser Stelle unterbricht die Strophe, auch mit dem Ganzen steht sie nicht in Einklang. Der Dichter will im Folgenden über eine Versammlung der Tugenden berichten, in der ein für die Zukunft der Kunst wichtiger Entscheid getroffen wird. Schlecht also würde er diesen Bericht mit dem Bekenntnis eröffnen, dass er über die Zukunft der Kunst nichts zu sagen wisse. Ferner aber klingt aus 13, 1. 2 ein Zweifel, als ob der Dichter von der Zukunft nichts erhoffe. Nun gibt das Urteil der Tugenden allerdings keine positive Bürgschaft, es verdammt nur die Feinde der Kunst. Aber wozu tritt der Dichter als Verkünder auf, wenn er nicht siegesfrohe Hoffnung für die Kunst erwecken will? Ich meine, nicht er konnte in dieser Weise die guten Folgen des Urteils bezweifeln, — wol aber ein Späterer, der noch nichts von einer günstigen Wirkung empfunden hatte. Ihm mag, als er von der vergangenen traurigen Lage der Kunst las, seine eigene Situation die bitter ironische Bemerkung in den Mund gegeben haben: *ob si an fröuden sit genas, daz kan ich lützel wizzen*, d. h. 'ich habe noch wenig von einer Besserung verspürt.' Er nahm also das *an fröuden dürre* 14, 1 auf: und so erklärt sich auch der gleichartige Anfang zweier aufeinanderfolgenden Strophen.

Ist es mir aber hiermit gelungen, die Unechtheit der Strophe nachzuweisen, so erledigen sich alle Bedenken, die aus

II. DIE AUTORSCHAFT KONRADS VON WÜRZBURG.

Gründen der Technik gegen die Autorschaft Konrads erhoben werden können.

Ich gehe also nunmehr zu der Betrachtung des **Stils** über. Die **Fülle an Synonymen**, die die Sprache Konrads so sehr auszeichnet, ist auch ein hervortretender Zug unseres Gedichts. Wir finden nebeneinander *stroum* 1, 8; *bach* 4, 3. — *üemet* 2, 2; *gras* 2, 7. — *velt* 2, 3; *plân* 2, 5; *brüel* 4, 8. — *boum* 1, 6; *schatehuot* 3, 1; *dach* 4, 5. — *lachen* 3, 3; *smieren* 10, 8. — *luogen* 8, 4; *zwieren* 10, 6. — *künstelôs* 16, 8; *âne fuoge* 17, 3 u. a. Die schlechte Dichtung wird bezeichnet durch *gengiu gâbe* 17, 6. 24, 1; *merz* 24, 6; *erze* 24, 8; *veilez* 25, 4. Die Vernachlässigung der guten durch: *vâren* 15, 7; *ungenædec sîn* 16, 3; *versmâhen* 17, 2; *swære sîn* 19, 3; *der Sælden tür besliezen* 22, 7; *niht minnen* 30, 4; *niht triuten* 31, 4; *wandelbære sîn* 32, 8. Für das Erscheinen der Tugenden hat der Dichter die Ausdrücke *wol bekleit* 9, 3; *in wünneclicher wæte* 9, 6; *nâch wunsche wol gezieret* 10, 4; *wol bereit* 9, 7; *geræte guot* 9, 8; *mit gewinne* 12, 6; ferner *frî vor missetæte* 9, 2; *frî vor itewîze* 11, 2; *ân alle missetât* 12, 1; *reinez tugentvaz* 5, 7. Ganz besonders auffallend macht sich der Sprachreichtum in den Bezeichnungen für die elende Situation der Kunst geltend; in den wenigen Strophen der Klägerin finden wir den Begriff achtmal ausgedrückt, durch *krumbez dinc* 15, 4; *leit* 15, 5; *ungeschiht* 15, 6; *armekeit* 16, 6; *kumber* 17, 8; *arebeit* 18, 1; *sorge* 18, 3; *herzeleit* 18, 7. Dazu kommt *quâle* 14, 2; *swære* 32, 4. Das Schwelgen aber gerade in Ausdrücken des Affekts ist auch für Konrad besonders bezeichnend. Einige Beispiele aus Engelhard sollen lehren, wie er bei gebotener Gelegenheit jedesmal seine ganze Rüstkammer eröffnet. Für Engeltruts Liebespein finden wir die Worte *smerze* 1729. *jâmer* 1732. *quâle* 1734. *trûren* 1742. *leit* 1742. *nôt* 1744. *ungemach* 1747. *swære* 1749. *pîn* 1755. *klage* 1774. *ungehaben* 1782. *herzeleit* 1837. Für Engelhards: *nôt* 1930. *smerze* 1933. *trûren* 1937. *leit* 1937. *arebeit* 1938. *sorge* 1941. *angest* 1943. *klage* 1945. *ungemach* 1953. Und später bei seinem Geständnis gegen Engeltrut: *jâmer* 2027. *smerze* 2027. *nôt* 2039.

leit 2046. *arebeit* 2049. *swære* 2051. *sorge* 2053. *ungemach* 2063. Dietrichs Siechtum wird bezeichnet mit: *ungemüete* 5140. *leit* 5143. *ungemach* 5170. *schade* 5172. *swære* 5186. *smerze* 5187. *arebeit* 5207. *herzeleit* 5208. *ungehabe* 5209. *nôt* 5211. In seinen Klagemonologen mit: *leit* 5370. *sorge* 5371. *armez leben* 5398. *jâmer* 5404. *kumber* 5405. *krankiu wirde* 5414. *plâge* 5511. *nôt* 5514. *swære* 5543. *ungeschiht* 5547.

Der Dichter der Allegorie liebt es, die einzelnen Personen unter **wechselnden Bezeichnungen** aufzuführen. So heisst die Gerechtigkeit: *werdiu frouwe* 5, 1. *küniginne* 12, 2. 14, 5. *vil ûz erweltiu künigin* 15, 1. *frouwe hêre* 18, 6. *frouwe* 20, 2. *rihtærinne* 30, 2; der Adel: *herren, ritter, knehte* 21, 6. *dienestman* der Milde 28, 4. *rîche herren* 32, 5. Wie weit Konrad in dieser Beziehung unter Umständen geht, kann wiederum ein Beispiel aus Engelhard klar machen. Engeltrut tritt hier auf als: *diu reine und diu vil guote* 877. *diu selbe gar liutsælige, diu keines wandels mælige* 883. *diu vil rehte kluoge* 887. *diu vil zarte und diu vil lobes reine* 896. *diu maget wol geborn* 916. *diu sælden riche* 973. *diu süeze und diu guote, diu werde hôchgemuote* 1001. *diu klâre und diu reine* 1020. *diu vil stæte* 1022. *diu schœne* 1033. *diu maget Engeltrût* 1054. *diu maget* 1068. *diu süeze Engeltrût* 1087. *diu süeze tugentrîche* 1148. *si vil lobes reine* 1160. *diu schœne* 1168. *diu lobesame* 1185. *diu schœne* 1189. *diu tugenthêre* 1192. *diu maget* 1226. *diu schœne* 1228.[1]

Die an Konrad bekannte Neigung für **gepaarte Ausdrücke** ist in unserm Gedicht durch folgende Fälle belegt: *an leben unde an künne* 5, 2. *ze hove und in dem schalle* 16, 4. *diu lûter und diu wîze* 11, 6. *diu lûter und diu blide* 29, 6. *hövesch unde kluoc* 30, 3. *gezieret und gesüemet* 2, 4. *geræset und geblüemet* 2, 8. *si gibt ir unde lihet* 20, 8. *vil schiere und vil gereite* 27, 4. *ûze unt inne* 12, 8. Für einzelne dieser Verbindungen bietet Konrad direkte Parallelen,

---

[1] Gegen alle Gewohnheit Konrads heisst die Tochter der Herzogin Schwanritter 674. 675 zweimal hintereinander *diu schœne*. Hier ist jedesfalls das zweite Mal ein anderes Attribut, etwa *glanze*, oder auch ein Substantiv wie *maget* einzusetzen.

vgl. *geblüemet und gerœset* Engelh. 478. Trojan. 16194. 35912. Parton. 3646. Silv. 68. 835. gold. Schm. 618. *ir blüement unde ir rœsent* Trojan. 24478. *blüemen unde rœsen* Lieder 1, 231. *flôrieren unde rœsen* gold. Schm. 1226. *lûter unde wîz* Engelh. 3005. Trojan. 19368. *schier unde reit* Parton. 6604.

Für Parallelismus der Gedanken, den Konrad ebenfalls bis zum Uebermass verwendet, lassen sich aus unserm kleinen Gedichte nicht weniger als dreizehn Beispiele aufstellen. Wie geläufig unserm Dichter diese Redeweise ist, erhellt am besten aus der Mannigfaltigkeit der Formen, in denen sie auftritt. Wir finden synonymen Parallelismus und können unterscheiden

1) einteiligen oder solchen, in dem nur ein Teil des parallelen Gefüges doppelt ausgedrückt ist: *min hant diu nimt ir guoten war, si gibt ir unde lihet* 20, 7.

2) zweiteiligen a) mit entsprechender Stellung der Teile: *ich bin verdorben als ein mist, sam bitter als ein galle* 16, 1; so 27, 5. = 27, 6; 29, 3 = 29, 4; 29, 5 f. = 29, 7 f. b) mit chiastischer Stellung: *die viere wâren wol bereit, vil guot was ir gerœte* 9, 7. *swer rehte kunst niht minne .., den lât mit ungewinne hie leben* 30, 4 = *er si iu swœre alsam ein blî, swer rehte kunst niht triute* 31, 3.

Wir finden ferner antithetischen Parallelismus: einteiligen: *vor Kunst ich guotes niht enspar .. mîn hant diu nimt ir guoten war* 20, 5. Mehrteiligen: in entsprechender Stellung: *swer kunst in sînem herzen hât, den kan si wol versmâhen; swer abe dâ âne fuoge stât, dem wil si balde nâhen* 17, 1. Chiastisch: *si wil daz manic süezer list in armekeit nû valle und machet riche in kurzer frist die künstelôsen alle* 16, 5. Dass auch 24, 1 f. als zweites Glied eines antithetischen Gefüges zu nehmen ist, wurde oben gezeigt.

In dem parallelen Gefüge 30, 4 ist das zweite Glied von dem ersten durch einen dazwischentretenden Satz 31, 1 f. getrennt; 20, 5 haben wir dreifachen Parallelismus, denn dem ersten Gliede folgen zwei antithetische Glieder 20, 7. 8. — 16, 5 aber haben wir vierfachen Parallelismus, denn dem ersten Gefüge 16, 5—8 entspricht noch ein zweites 17, 1—4.

Konrads Stil charakterisiert neben solchem Reichtum der Sprache eine auffallende Breite der Darstellung. Es ist daher ungemein bezeichnend, wie in der Einleitung unsres Gedichts die Breite ein Mittel wird, den märchenhaften Charakter desselben auch durch die Art des Vortrags zur Wirkung zu bringen. Jedes Moment der Schilderung wird einzeln ausgeführt. In besonderen Versen vernehmen wir 2, 1 f. von dem *üemet*; 2, 3 f. von dem *velt* um den Quell. Und wieder in besonderen Versen werden an dem Feld 2, 7 f. das Gras; 3, 1 f. der *schatehuot*, an dem *schatehuot* 3, 3 f. die Blüten; 3, 7 f. die Vögel hervorgekehrt. Ebenso wird bei der Gerechtigkeit Eigenschaft für Eigenschaft behandelt: die vornehme Geburt 5, 1 f.; ihre Weisheit 5, 3 f.; ihre Schönheit 5, 5 f.; ihre Tugend 5, 7 f.; ihre göttliche Sendung 6, 1 f.

Um die Bedeutsamkeit des Platzes am Quell ins Licht zu setzen, scheut er nicht das Mittel der Wiederholung. Er berichtet 1, 5: *ouch vant ich einen brunnen kalt dâ under grüenem boume, der eine mülen mit gewalt wol tribe an sinem stroume*, und nach der landschaftlichen Abschweifung erzählt er 4, 1 von neuem: *nû hœret wie mir dô geschach bi disem brunnen küele, des ril wünneclicher bach wol kerne hiute müele*.

Durch behäbige Phrasen, die die einzelnen Tatsachen einleiten, wird das Gefühl wach gehalten, dass es sich bei dieser wundersamen Begebenheit um ein Selbsterlebnis des Dichters handelt. Er bewegt sich fortwährend in Wendungen wie *dâ sach ich* 1, 3. *man sach* 4, 7. *man sach dâ* 3, 3. *ouch vant ich* 1, 5. 9, 5. *ich vant dâ bî* 10, 3. *des ich begonde luogen* 8, 4. *wart von mir vil gezwieret* 10, 6. *ich vant geschriben* 8, 6. 6, 5. *daz las ich dâ* 6, 8. *ich nie gelas* 2, 5.

Der Dichter unterbricht auch die Erzählung: um die Spannung seiner Hörer zu reizen: *nû hœret wie mir dô geschach* 4, 1. *ir namen ich iu nennen wil* 8, 5; um ihre Gläubigkeit in Anspruch zu nehmen: *zwâre, geloubet daz* 5, 5. *Frou Wârheit mich nicht liegen lât, daz wizzet sicherlîche* 7, 1.

Und auch sonst macht sich seine Persönlichkeit ungestört geltend. Das Auftreten der Gerechtigkeit gibt ihm

Anlass, seine Teilnahme auszudrücken: *daz ir got liebes günne!* 5, 8; ihre göttliche Sendung, eine moralische Reflexion anzuknüpfen: *dar inne fröude wirt erkant der tugende sîn ze lône* 6, 3; der Gesang der Vögel, einen scherzhaften Hinweis — auf die gegenwärtige Jahreszeit? — anzubringen: *des man ze winter niht entuot bî dem vil kalten îse* 3, 5.

Die Breite lässt sich weiter im **einzelnen Ausdruck** verfolgen.

Die Substantiva werden gern mit Epitheten versehen, und diese sind gewöhnlich recht allgemeiner Natur wie *vogel guot* 3, 7. *süeziu wîse* 3, 8. *wünneclicher bach* 4, 3. *schœnez dach* 4, 5. *werdiu frouwe* 5, 1. *reinez tugentvaz* 5, 7. *liehtiu wât* 7, 3. *rîchiu krône* 8, 2 etc. Ganz besonders beliebt erscheint *hôch*. Wir lesen: *hôher wunne spil* 8, 3. *hôher rât* 12, 3. *hôhiu êre* 15, 3. *hôhiu kür* 22, 1. *hôhez ambet* 28, 2. *hôher prîs* 29, 5. Selbst pleonastisch steht das Beiwort nicht selten. So finden wir zu *îs* 3, 6 *kalt*; zu *boum* 1, 6; *üemet* 2, 2; *rîs* 3, 4 *grüene* gesetzt. Wir lesen: *herzeclicher fliz* 11, 8; *edeliu tugent* 12, 5; *sendiu quâle* 14, 2; *scharpfer strâl* 14, 4; *valschiu missetât* 17, 5; *smæhiu drô* 26, 5.

Bei Konrad ist die Neigung, substantivische Begriffe mit Epitheten zu versehen, zu vollkommener Manier geworden, und wir treffen ein ähnliches Register allgemeiner Bezeichnungen, wie uns in unserm Gedicht aufstiess. So werden im Engelhard mit Vorliebe Beiwörter gebraucht wie *wert* 43. 252. 289. 321. 471. 610. 682. 763; *ûz erwelt* 499. 556. 828. 893; *reine* 282. 381. 501. 710. 774. 775; *süeze* 51. 327. 395. 534. 610. 710. 786. 980; *wünneclich* 98. 337. 767. 964 u. s. f. Und gerade wie in der Klage der Kunst ragen vor allen anderen Verbindungen mit *hôch* hervor, vgl. 181. 235. 250. 268. 272. 279. 359. 534. 548. 653. 663. 687. 726. 733. 741. 807. 860. 925. Von Pleonasmen aber vergleichen sich: *heizez fiur* Engelh. 4845 und *kaltez îs* Kl. d. K. 3, 6; *scharpfez swert* Engelh. 2714 und *scharpfer strâl* Kl. d. K. 14, 4. Auch im Engelhard ist mit Vorliebe *grüene* in diesem Sinne verwandt. Es verbindet sich mit *gras* 2592. *krût* 3131. *loup* 5330. *klê* 5347. *velt* 2477. *plân* 2422. 2527 u. a. Als andre Verbindungen pleonastischen oder dem ähnlichen Charakters begegnen im Engelhard: *harter stein* 2595. *harter stahel* 4932. *liehtiu sunne* 2604. *liehter glast* 2726. *spiegel* 5321. *topazion* 3024. *karfunkelstein* 5304. *tiurez golt* 2538. *heizer trahen* 5834. *heilec paradis* 2647. *engel* 6176. *smæhelicher spot* 3694. *grimmer* oder *bitterlicher tôt* 4398. 5569. 5884. Sehr gewöhnlich ist das selbstverständliche Epitheton bei Wörtern des Affekts. So tritt zu *sêr — trüebe* 3184, zu *arebeit — sende* 2238. zu *leit — trüebe* 3318. 5143. *sende* 1742, zu *smerze — kumberlich* 2385. *grimme* 6210, zu *swære — kumberlich* 2170. *grimme* 5293, zu *herzeleit — klegelich* 1837. *grimme* 5738, zu *nôt — sende* 1233. 1796. 2039. *klegelich* 5211. *grimme* 2125. 2184 etc.

Konrad nun vermeidet den einfachen substantivischen Begriff bemerkenswert häufig auch dadurch, dass er ihn von einem andern Substantiv, den wir den **umschreibenden Begriff** nennen können, abhängig macht. Und auch dieses umschreibende Wort bringt gern wie das Epitheton ein ganz allgemeines oder nur begriffsteigerndes Merkmal. So lesen wir im Engelhard: *nâch miner hôhen lêre site* 359. *durch ganzer wirde kraft* 2357. 2459. *mit stæter kraft inneclicher friuntschaft* 1245. *mit ganzer triuwen krefte* 788. *sô reiner triuwe pfliht* 800. *durch siner hôhen triuwen art* 6204. *ganzer sælden kraft* 2555. *hôher sælde ein wunder* 235. *aller sælden ursprinc* 500. *gelückes bilde* 5641. *in hôher wunne leben* 2236. *leides gunst* 5370. *lange wernder sorgen pfliht* 5371. *in der wâge pfliht* 4798. *an der minne werken* 3249. *ritters name* 291. *der fürsten künne* 670.

Gern werden Zeit- oder Raumbegriffe zu solchen umschreibenden Worten verwandt: *miner jâre frist* 4328. *miner tage frist* 6074. *in des landes umberinc* 3533. *in sines landes kreizen* 1534. *des landes kreiz* 4616. *in des hoves rinc* 3970. *vor der helle grunde* 5571. *der wege mâze* 386. *der reise mâze* 4560. *in sines edeln herzen grunt* 2143. Mit bestimmterer Vorstellung: *biz ûf dines endes tac* 5757. *ûf des werdes anger* 5597. *ze gotes himeltrône* 5480. *in des küneges hove* 4487. *mins herren hof* 3843. *ûz ir vater hûse* 927. *bî der linte wenden* 130. *an miner frouwen sîten* 4504. Oder körperliche und geistige Begriffe: *Engelhartes lip* 281.

nâch des mannes libe 906. eines mannes lip 990. eins werden mannes lip 912. von zweier manne liben 6430. mines friundes lip 3604. sîner zweier kinde leben 5465. dîner kinde leben 6325. für gotes angesihte 5999. Dieteriches aneblic 1704. maneges gernden munt 2861. sîner kinde bluot 6218. al mîns herzen âder 2313. ir aller sin 1662. vil maneges sin 4889.

Charakterisierende Merkmale erkennen wir in: der helle gluot 6312. fiures glanz 2595. des fiures blic 4877. der sunnen glanz 5407. vür der sunnen blicke 5318. vil manegen doners blic 4080. ir spilende ougen blicke 946. der bluomen schîn 2664. mit gotes helfe 1131. in gotes huote 388. gotes geist 6216. durch ganzer werdekeite solt 2505. ûf sîner hôhen triuwe pfant 4199. sîner hôhen triuwe pfant 4651. der flühte spor 5198. nâch wîser liute kür 5984.

Durch die bestimmte Situation gegeben erscheinen: durch valscher liute rœte 8. nâch zweier manne minnen 1152. nâch Engelhartes minne 1707. von Engelhartes schulden 1731. vor mînes vater zorne 3379. um sînes lieben vater tôt 1383. durch sîner kinde smerzen 6358. ûf dîner kinde schaden 6049. von sîner sühte mâsen 6467.

Bereits in dem umschriebenen Begriffe liegende Merkmale enthalten: in süezer stimme dône 395. 752. von sîner stimme galme 6014. sterbens nôt 809. sô ganzer wirde ruom 1524. des bruches klac 4815. ân aller sorgen pîn 5117. dirre sühte swœre 5853. ûf ir endes zil 629.

Durch Epitheton und Umschreibung ist die Bestimmung ausgedrückt in: ûz erwelter manne prîs 893.

Anstatt durch den eigentlichen Begriff umschreibt Konrad auch gern durch metaphorischen Ausdruck. Allgemeine Bezeichnungen geben: ganzer triuwen hort 195. 5102. 5837. hôher triuwen hort 6449. manicvalter sælden hort 6449. ganzer freuden hort 2890. stæter freuden hort 732. daz lebende wunnen spil 881. minnespil 2932. ûf der Minnen spil 2963. in der süezen minne spil 3527. der ôren und der ougen spil 5342. grôzer êren schîn 6448. ir lobes trüeben schîn 144. mînes herzen schîn 4136. ze tiuscher worte schîne 6434. in tiuscher worte schîne 211. ein krône ob allen *frouwen* 872. *der êren querder* 1656. *lobes gar ein angel* 1657. *dîner tugent zins* 6008.

Auch hier werden gern Raumbezeichnungen gebraucht: *der Êren büne* 230. *der Êren klûse* 928. *der êren schrîn* 2500. *hôher tugende ein klûse* 2501. *sô rîcher tugent lade* 5716. *in der Triuwen klûse* 6295. *in der Sorgen forste* 1941. *in strenger sorgen bande* 6139. *in des leides wâge* 2119. *zuo der freuden stade* 2121. *durch sîner freude mitte* 5559. *aller sælden überdach* 454. *unz ûf der sêle grunt* 2034.

Auf speziellere Merkmale beziehen sich: *der veigen miselsühte schimel* 5997. *der wâren minne gluot* 6217. *mit hôher minne stricke* 807. *in der süezen Minnen stric* 1919. *der minne bürde* 1740. *der strengen minne siechtage* 2242. *der minne strît* 3274. *des wilden fiures melm* 4933. *der Sælden schîbe* 4400. *der sælden honicseim* 5138. *der sorgen ezzich* 2117. *mîner sorgen bürde* 2053. *in des zornes fiure* 3550. *des grimmen Tôdes krampf* 4054. *ein windes brût* 4771.

Aus der bestimmten Situation erklären sich: *der sorgen schûr* 5401, eine Wendung, die durch den vorhergehenden Vergleich *reht als der wilde donerslac* veranlasst ist; und ebenso knüpft der *Triuwen zange* 63 an das vorhergehende Bild. 3262 *und hæte si begozzen der vil reinen minne tou* ist der metaphorische Ausdruck der Gartenscene angepasst. Fast zur Allegorie entwickelt findet sich die Situationsmetapher 3148 ff. durchgeführt, wo ebenfalls die Gartenscene festgehalten ist: *in wart daz sælden paradîs entslozzen dâ und ûf getân.*[1] *si giengen ûf der Minnen plân und brâchen freuden bluomen dâ .. nû flôz dar zuo der Minnen bach und hôher gnâden brunne.* Noch weiter ist diese Kunst 2224 ff. getrieben. Der Dichter hat seine Geliebte mit der Sirene verglichen, und hieraus die Vorstellung des auf dem Meere Befindlichen herübernehmend, fährt er fort: *ir rede süezekeite vol unde ir schœner worte grif* (= Welle) *hât under mînes herzen schif gezogen und gesenket. in leides wâge ertrenket hât si gar die sinne mîn. wan ir enpfuor ein wörtelîn unde ein spilender ougen*

---

[1] S. S. 88.

blic dâ von ich in der Minnen stric alsô krefteclichen viel daz mînes wunden herzen kiel muoz in des tôdes ünden sweben.

Doppelt, durch Epitheton und Metapher, findet sich die Bestimmung ausgedrückt in: *für der süezen wunne mete* 2116. *der vil liehten freuden schin* 3319. *ein spiegel liehter wünne* 869.

Auch diese Redeweise Konrads nun lässt sich aus der Klage der Kunst zum Teil wiederum durch sehr charakteristische Beispiele belegen. So stossen wir 28, 7 auf *ân endes zil*, eine Umschreibung, die bei Konrad ausser im Engelhard noch Schwanr. 561. Parton. 8387. 13169. Silv. 2489. 3653. 3949. 4053. Trojan. 5706. 22937. 23329. 34395 vorkommt. Ueber *himeltrôn* = Himmel, das sich in unserm Gedicht 6, 2 findet, hat Haupt bereits zum Engelh. 5180 gehandelt, und ich trage als weitere Belegstellen aus Konrad nach: Pantaleon 721. Parton. 1064. 1158. 13573. Lieder 31, 127. Auch *wunne spil* 8, 3 ist ein Ausdruck, der uns bereits aus Engelhard bekannt ist (s. S. 34) und der bei Konrad ungemein beliebt ist; ich verweise auf Lexer 3, 996. Im übrigen sind noch zu nennen: *edeler tugent namen* 12, 5; *der edelen Künste swære* 32, 4; und als metaphorische Umschreibung *der Sælden tür* 22, 7.

Dass der ursprüngliche Begriff aus der Stellung des abhängigen Genitivs in die des Adjektivs tritt, ist nur ein Schritt. Wir dürfen es also als eine andere Form der Umschreibung bezeichnen, wenn Konrad sagt: *daz wünnecliche leben* Engelh. 3182 neben *in hôher wunne leben* Engelh. 2236, *sîne unstæten art* Engelh. 163 neben *durch sîner hôhen triuwen art* Engelh. 6204, *ir hôher kiuscher name* Engelh. 2263 neben *edeler tugent namen* Klage der Kunst 12, 5. Diese bei Konrad ebenfalls ausgebreitete Redeweise (s. S. 45 ff.) ist in der Klage der Kunst belegt durch: *milten namen* 30, 5 neben dem eben angeführten *edeler tugent namen* 12, 5; *künstelôsiu diet* 26, 2 = *die künstelôsen* 16, 8. *krumbez dinc* 15, 4 hat Konrad öfter (s. S. 42); man vgl. auch Wendungen wie *ein smæhelichez dinc* Engelh. 1957, *ein bewæret dinc* Engelh. 3534, *rîchiu dinc* Engelh. 74. 1521, *ûf alliu sælec-*

lîchiu dinc Engelh. 248 etc. und Haupt zum Engelh. 35, Benecke zum Iwein 408.

Bei Konrad erstreckt sich die Umschreibung in nicht geringerem Masse auch auf andere Redeteile.

Das **Personalpronomen** wird besonders gern durch bestimmte Begriffe wie *lip, herze, muot, sin* etc. ersetzt. Diese treten für alle Casus ein, sowol mit wie ohne Epitheton, z. B. *ein krône ob allen wîben was ir minneclicher lip* oder *swaz aber umbe sînen lip iemen leides dô gepflac*. Die Begriffe stehen auch gepaart: *swaz iuwer munt verbiutet und iuwer edel zunge mir*. — Um eine Vorstellung von der Ausdehnung dieser Redeweise zu geben, zähle ich die charakteristischeren Fälle der ersten paar tausend Verse im Engelhard auf. Das Personalpronomen wird ersetzt durch:

lip 255. 873. 980. 1133. 1165. 1720. 2252. 2446. 2842.
leben 389. 476. 538.
herze 38. 442. 568. 592. 878. 901. 924. 952. 1004. 1013. 1036. 1072. 1144. 1150. 1180. 1236. 1401. 1673. 1684. 1700. 1726. 1745. 1799. 1862. 1934. 1939. 1996. 2028. 2038. 2070. 2074. 2386.
muot 913. 1097. 1698. 1746. 1891. 1899. 1936. 2329.
sin 1007. 1094. 1478. 1793. 2366.
ougen 1872. *antlitze* 244. 1805. 2186.
forme 602. *bilde* 459.
leben unde lip 763. *ougen unde muot* 962. *muot unde sin* 1065. *herze und ougen* 1084. *munt und zunge* 2110.

Von umschreibenden Begriffen, die ein spezielleres Merkmal enthalten oder zur Situation in Beziehung stehen, seien erwähnt: 257. 314. 431. 688. 709. 766. 774. 776. 822. 920. 933. 997. 1203. 1433. 1455. 1530. 1727. 1837. 1961. 2038. 2105. 2127. 2317. 2326.

Auch das **Possessivum** findet sich umschrieben. So heisst es: *mînes herzen sin* 514. 1219. 2285. *wille* 588. *gir* 2292. 3998. 3698. 1435. *klage* 2898. *sînes herzen girde* 249. *dînes edeln herzen ger* 4367. *rât* 4466. *sînes herzen kür* 335. *wal* 2620. *sîner sêle heil* 353.

Diese bestimmende Ausdrucksweise ist Konrad so natürlich, dass ein solcher Genitiv wol auch einem Substantiv beitritt, ohne ein Possessivum zu umschreiben, so in: *ze herzen swæren* 3316. *kein herzesmerze* 49. *des libes smerzen* 5608. *von des libes smerzen* 5285. *eines herzen sin* 523. *edeles herzen muotes* 276. *nâch edeles herzen gir* 2998.

In *nâch sînes muotes herzen gir* 1950 haben wir beides: possessive Umschreibung und beitretenden Genitiv.

Endlich trifft die Neigung zu umschreiben bei Konrad auch das Adverb und das Adjektiv.

Adverbien des Orts sind ausgedrückt durch Phrasen wie: *ûf der strâze* 621; *ûf dem spor* 3246 = dort. *ûf dirre strâze* 416; *ûf erde* 2124; *ûf erden* 695. 1013. 1214. 1365; *ûf der erden* 1126. 1410 = hier. *ûf erden* 668. 1821; *ûf der erden* 245. 580 = irgendwo. *ze hûse* = hierher 3697. *von dem wege* 2941; *ûf sîne vart* 2819 = hinweg. *an den sîten* 795 = nahe. *ze hove und ûf dem lande* 3629; *über allez tiusche lant* 1341 = überall. *ze tal* 2549. 2619. 3563 = nach unten. *ze berge und ze tal* 3069 = nach oben und nach unten.

Wie herrschend diese Redeweise bei Zeitbegriffen ist, möge eine annähernd vollzählige Aufführung der Beispiele klar machen. Es kommen vor Umschreibungen mit:

zît: *an der zît* 3273. 4214. *an den zîten* 644. 1397. 2786. *bî der zît* 333. 585. 852. 2473. 2879. 4223. 5104. 5283. *bî der zîte* 4742. *bî den zîten* 623. 1609. 3041. 4153. 4197. 4656. 4670. 4765. *bî dirre zît* 3885. *bî dirre zîte* 1307. 3331. *bî dirre tagezîte* 3377. *bî der selben zît* 3231. 4960. *zuo der zît* 2813. *ze dirre zît* 3729. *ze dirre zîte* 4243. *zuo den zîten* 511. 2487. 4828. *vor zîten* 6. *alle zît* 1735. *zallen zîten* 356. 796. 1230. *lange zît* 2037. *ze langer zît* 3635.

wîle: *in langer wîle* 3555.

frist: *an der frist* 3294. 3918. *an dirre frist* 1294. *bî der frist* 2789. *zuo der frist* 1363. 1894. *ze dirre frist* 4637. *in kurzer frist* 1117.

sûm: *ân aller slahte sûm* 2825.

jâr: *bî den jâren* 641. *alliu jâr* 1200.

tac: *an disen tagen* 3355. *bî den tagen* 3196. 6267. *bî disen tagen* 3392. *von tage ze tage* 1498. 1803. *allen tac* 2239. *alle tage* 1946. *biz ûf dines endes tac* 5757. *in kurzen tagen* 2371.

stunde: *an der stunt* 1170. 4540. 4779. 4911. *an der stunde* 3287. *an den stunden* 3297. *an den selben stunden* 1766. *bi der stunt* 561. 1403. 1788. 3497. 5996. 6415. *bi den stunden* 3260. 3461. 3589. 5291. 6255. *bi der selben stunt* 427. *bi den selben stunden* 3672. *zuo den stunden* 3193. 3475. *under stunden* 1711. *alle stunt* 2862. 2987. *alle stunde* 1850. 2171. 6113. *in allen stunden* 672. *zaller stunde* 1138. 1235. *zallen stunden* 805. 1098. 5076. *in kurzer stunt* 2214.

mâl: *des mâles* 2445. *zuo dem mâle* 1733. *zallem mâle* 1303. — Auch Phrasen wie: *ûf ir endes zil* 629. *biz an minen tôt* 2062 sind zu nennen. Gepaarte Ausdrücke: *alle zît und allen tac* 5565. *alle zît und alle tage* 2113. *alle zît und alle vart* 1654. *des tages und der selben zît* 4189.

Umschreibungen für Adjektiva (bez. Adverbien der Weise) sind: *mit hovelicher muoze* 508; *mit hovelicher zühte* 560 = höfisch. *mit herzelichen dingen* 1000; *mit herzelicher meine* 1100 = innig. Von anderen Verbindungen seien erwähnt: *mit vil hôher zierde* 741. *mit stæter kraft* 628. *mit voller kraft* 761. *mit willeclicher arebeit* 814. *mit hôher girde* 2307. *mit grimmer nôt* 1432. *mit grôzer ungehabe* 2283. *mit grôzen schamen* 2013. *mit siufzenbærem munde* 2331. *ze rehter nôt* 301. *nâch gelicher art* 1208. *von wâren schulden* 2067. Auch einfache präpositionelle Ausdrücke treten gern ein: *mit flîze* 231. *mit willen* 1175. 1256. 1451. *mit gelimpfe* 1784. *mit vuogen* 2711. *mit freuden* 1845. 2193. *mit triuwen* 2303. *mit listen* 3027. *durch nôt* 440. *von herzen* 2109. 2165. *von grunde* 1229. 2198. 2259. *ze lobe* 2981. 3097. *nâch wunsche* 2562. 2663. 3049. 3275. 5139. 5815. Hier ragen besonders Verbindungen mit *âne* oder *sunder* hervor: *sunder mein* 422. *sunder itewîz* 859. *sunder missetât* 3733. *ân alle schult* 5519. *gar âne misswende* 2454. *sunder spot* 2011. *ân allen spot* 1205. 2204. *âne schimpf* 418. *sunder haz* 2302. 3707. *âne zorn* 1484. *ân allen zwivel* 1480. 2128. 2187. 2495. *ân allen wanc* 2308. *ân allen wandel* 3686. *âne lougen* 1224. *an allez underbint* 1067. *sunder minen danc* 2100. *sunder sînen danc* 2182. *sunder lôn und âne danc* 2197. *âne vorhte* 3162. *ân alle vorhte* 3681. An die Stelle der Präposition tritt auch ein entsprechendes Adjektiv: *freuden vol* 1310. *leides vol* 1831. 2250. *freuden blôz* 1381. *freuden bar* 1401. *wandels frî* 2463. 4440. *alles wandels frî* 2484. *wandelunge frî* 4580. *râtes unde lêre frî* 3374.

Dass nun die Klage der Kunst auch in den letztgenannten Fällen sich nicht von Konradischen Gedichten scheidet, werden die folgenden Beispiele bekunden. Es finden sich:

Umschreibung für das Personalpronomen: *mîn hant* 20, 7; *mîn fröudenrîch gebrehte* 21, 4 = ich. *ir genuht* 11, 3 = sie. *ir namen* 8, 5 = sie (eas). *an ir zoume* 1, 2 = mit sich. *in sînem herzen* 17, 1. *an dem sinne* 30, 8 = in sich.

Dem Begriff beitretender Genitiv: *der werlde wünne* 5, 6. *herzeleit* 18, 7.

Umschreibung des localen Adverbs: *in allem künicrîche* 7, 6; *ze hove und in dem schalle* 16, 4; *swar ich der lande kêre* 18, 4 = überall. Des Zeitadverbs: *sunder twâle* 14, 8. *in kurzer frist* 16, 7. *bî der zît* 27, 1. *ân endes zil* 28, 7. Des Adjektivs (bez. Adverbs der Weise): *mit worten harte kluogen* 8, 8 = zierlich. *mit herzeclichem flîze* 11. 8 = innig. *mit ir scharpfem strâle* 14, 4 = sehr. *von hôher kür* 22, 1 gehört wieder zu den Ausdrücken, die Konrad mit Vorliebe anwendet, vgl. zu Engelh. 1322 und Parton. 4546. 4891. 5969. 6812. 6970. 17920. Von den einfachen präpositionellen Ausdrücken, die unser Gedicht aufweist, sei vor allem *wider strît* 27, 7 erwähnt. Dieser Ausdruck begegnet bei Konrad Trojan. 11580. 28048. Parton. 6158. 15172. 16472. Turnci 170. Lieder 29, 7. Otto 636. Silv. 2376. Alexius 692; noch gewöhnlicher steht *in widerstrît (enwiderstrît)*, vgl. Trojan. 2682. 9131. 14570. 15147. 17596. 19106. 19340. 19770. 20116. 22956. 23157. 23589. 26218. 26252. 27714. 28078. 28194. 29570. 30788. 31335. 32004. 32481. 32745 etc. Auch die übrigen hierher gehörigen Ausdrücke zählen alle mehr oder weniger in das Gebiet Konradischer Phrasen: *mit gewalt* 1, 7. *mit gewinne* 12, 6. *mit ungewinne*

30, 6. *mit zühten* 14, 8. *mit fuogen* 8, 6. *nâch prîse* 3, 2. *nâch wunsche* 10, 4. *ze rehte* 21, 8. 28, 1. *âne fuoge* 17, 3. *ân alle missetât* 12, 1. Adjektiv an Stelle der Präposition: *gallen frî* 10, 1. *fröuden frî* 19, 7. *frî vor missetœte* 9, 2. *frî vor itewîze* 11, 2.

Wir haben eben über eine Reihe von Ausdrucksformen gehandelt, in welchem wir im Grunde nichts als ein Mittel poetischer Darstellung erkennen, das allen guten mittelhochdeutschen Dichtern gemein ist. Denn indem jene Redeweise den Begriff durch eine Eigenschaft oder ein Merkmal bestimmt oder ersetzt, geht sie von dem Gesetz aller Poesie aus: von dem Streben nach Anschaulichkeit. Wenn wir gleichwol die besprochenen Erscheinungen unter dem Gesichtspunkt der Breite betrachteten, so geschah dies, weil das für Konrad Charakteristische in dem Grad ihrer Ausdehnung, in der Manier ihrer Anwendung, liegt. In der Klage der Kunst konnte die Manier natürlich nicht in jedem einzelnen Falle gleich sehr einleuchten. Aber es ist bezeichnend genug, dass in einem Werk von so geringem Umfange alle die mannigfaltigen Lieblingsgebräuche Konrads ihre Stätte finden. Und es sind in diesem Gedicht noch einige **weitere Mittel poetischer Anschaulichkeit**, die, ebenfalls bis zur Manier getrieben, dann bei Konrad wiederkehren. Wir behandeln sie im Folgenden.

Das Hilfszeitwort wird gern durch gewisse sinnliche Begriffe ersetzt: *an ir lac* 5,5, *an den lac* 8,3, vgl. Engelh. 711. 720. 761. 860. 880. *swaz ir von dir wont leides bî* 19, 5, vgl. Trojan. 5755 *gelücke, daz in wonte bî. milten namen truoc* 30, 5, vgl. Engelh. 1730. 1740. 1773. 1793. 1812. 1934. 1944. *stuont* 2, 2. 3, 1, *stuont gesetzet* 4, 7, vgl. Engelh. 249. 274. 293. 405. 466. 852. 891 und 23. 778. 3078. 5235. Wie bei Konrad machen sich Wörter der Bewegung in dieser Bedeutung bemerkbar: *sus muoz leide in volgen* 28, 7. *in kumber gâhen* 17, 8. *in armekeit vallen* 16, 6, vgl. *in nôt vallen* Engelh. 1410. Auch andere Tätigkeitsbegriffe werden durch übertragene Vorstellungen versinnlicht: *daz ir genuht für alle tugende glîze* 11, 3. *ein rôsenzwî daz ûf der heide smieret* 10, 7, vgl. Trojan. 1124 (*rôsen, viol unde bluot*).

Turnei 540 *(liljen). man sach dâ lachen wîze bluot ûf dem grüenen rise* 3, 3, vgl. *ûz dem swarzen dorne lachet wize bluot* Lieder 3, 9; ferner Trojan. 11584 *(bluomen)*; gold. Schm. 1318 *dir lachet unde smieret vil manger stûden flôre. der was ir trât zerbrochen* 12, 7, vgl. *ein zebrochen hæzelin* Parton. 14831. *daz man hie spür ir schulde niht ze kleine* 22, 5, vgl. u. a. Engelh. 5102 *(triuwe)*; Lieder 32, 250 *(tugende). dô ir nâhen gie mîn fröudenrîch gebrehte* 21, 3, vgl. Engelh. 1431. 2091. 2333. 3055. 5966. *Frou Schame ir selber des gesteme* 29, 1, vgl. Haupt zu Engelh. 441 f., Zeitschr. f. deutsch. Alt. 4, 555 und Jänicke zum Ritter von Staufenberg 675. *daz in diu Sælde sprichet mat* 32, 7, vgl. *ez sprach daz ungelücke mat ir hôhem sælden velde* Engelh. 3190. *im wart an hôher wunne mat dâ von gesprochen* Engelh. 2148. *an êren unde an wirde mat wart im von in gesprochen* Trojan. 18052.

Die substantivische Metapher dient auch in der Klage der Kunst nicht bloss zur Umschreibung von Begriffen. Die Metaphern für 'Baum' und 'schlechte Poesie' wurden bereits oben besprochen und durch Parallelen aus Konrads Werken belegt. Ferner sind zu nennen: *in ir grüeben* 28, 8 = bis zum Tod. *galle* 10, 1 = Missgunst, vgl. Trojan. 1289; Lieder 8, 15. *krumbez dinc* 15, 4 = Unrecht, vgl. ausser Schwanr. 271. 517 auch Trojan. 2125. *reinez tugentvaz* 5, 7, vgl. gold. Schm. 102; Engelh. 3364.

Auch an Vergleichen fehlt es in unserm Gedicht nicht: *der brunne lûter als ein glas* 2, 1, vgl. *von regene die gazzen wurden lûter als ein glas* Parton. 866. Sonstige Vergleiche mit *glas*: Parton. 5144. Trojan. 14066. 19935. 22647. 10462. Noch häufiger sind die Vergleiche mit *spiegelglas* (Trojan. 3828. 9584. Parton. 1128. 15188. 15789. 17974. 20704. Silv. 47. 5148. Pantaleon 662) oder mit *spiegel* (Trojan. 3709. 4103. 12579. 17411. 23007. 29999. 30983. 33109. Parton. 844. 4946. Turnei 427. Der Welt Lohn 79). Auch in: *si bluoten als ein rôsen zwî daz ûf der heide smieret* 10, 7 haben wir ein bei Konrad öfter wiederkehrendes Bild, vgl. *er bluote sam ein rôsen rîs* Trojan. 584. Parton. 6314. Turnei 16. *er blüeget als ein rôsen rîs* Parton. 20318. Wegen *si sitzet als ein keiserin* 24, 5 vgl. Haupts Anmerkung zu Engelh. 863. Andere Vergleiche sind: *dürre alsam ein strô* 14, 1. *verdorben als ein mist* 16, 1. *sam bitter als ein galle* 16, 2. *swære alsam ein bli* 19, 3. 31, 3.

Eine andere Form der Bildlichkeit ist in der Klage der Kunst, dass sich in demselben Satze Begriffe antithetisch gegenübertreten. Hier sind zu nennen: *mîn krumbez dinc verslihte* 15, 4. *an fröuden dürre . . was si von sender quâle* 14, 1. *ir smæhe drô diu werde Minne erbiete* 26, 5. In *wîze bluot ûf dem grüenen rîse* 3, 3 stehen verschiedene Farben gegenüber. Den Charakter eines Oxymorons haben: *lasters sî geschide* 29, 4. *allez lop . . von fluoche er immer lide* 29, 7. Bei Konrad artet auch dieses Mittel in Spielerei aus. Für die verschiedenen Fälle führe ich aus Engelhard an: *sô wirt mîn trûric herze frô* 6068, vgl. 3. 9. 13. 2053. 2176. 2192. 3492. 3508. *ein trüebez leit hât uns benomen der vil liehten freuden schîn* 3318, vgl. 2116. 2236. 2372. 2373. 2377. 2623. 3170. 3173. 3179. 3186. 3190. 3252. 3253. 3307. 3354. 3530. 3892. 3894. 3896. 4084. 4980. 5133. 5140. 5142. 5718. *diu schœne ouch understûrte mit wîzer hende ir wange rôt* 3360, vgl. 5330. 5347. Als Beispiel eines Oxymorons sei genannt: *trüeben glast* 11. *swie truobe ir lop nû gleste* 30. *ir lobes trüeben schîn* 144. *vil senften haz* 1689.

Mir bleibt nunmehr nur noch ein Punkt, den ich im Gegensatz zu dem bereits beobachteten Gedankenparallelismus mit syntaktischem Parallelismus bezeichnen möchte. Es zeigt sich nämlich in unserm Gedicht bei der Verbindung. syntaktisch gleichstehender Glieder eine merkwürdige Gesetzmässigkeit.

Wir beobachten einerseits ein Prinzip der Congruenz, d. h. die Glieder sind gleich gross:

1) sie stehen frei oder ohne bestimmende Wörter: *Milte und Êre* 10, 3 *gespilen hövesch unde kluoc* 30, 3. *herren, ritter, knehte* 21, 6.

2) sie stehen bekleidet oder mit bestimmenden Wörtern: *diu lûter und diu wîze*[1] 11, 6. *diu lûter und diu blîde*

---

[1] S. Anmerkungen 11, 6.

29, 6. *frou Mâze und ouch frou Zuht* 11, 5. *an leben und an künne* 5, 2. *vil schiere und vil gereite* 27, 4.

Wir beobachten andrerseits ein Prinzip der Steigerung, d. h. das zweite Glied ist grösser als das erste: *ze hove und in dem schalle* 16, 4. *Minne und aller frôuden frî* 31, 5. *ir kröne und ouch ir liehtiu wât* 7, 3. *Wârheit .. und ouch gerehtiu Minne* 12, 3. *Wârheit und ir vil hôher rât* 12, 3. *diu Triuwe .. und ouch diu glanze Stæte* 9, 3. *Frou Wârheit .. und ouch frou Stæte reine* 22, 3. Als leichte Ausnahme hiervon ist nur anzuführen: *lâ dir mîn leit geklaget sîn und michel ungeschihte* 15, 5 (s. S. 57).

Auch bei der Verbindung von Sätzen zeigt sich Ähnliches:

Das Prädicat steht in beiden Sätzen ohne adverbiale Bestimmung: *sô daz er schanden sich niht scheme und lasters sî geschîde* 29, 3.

Das Prädicatsadjectiv steht in beiden Sätzen mit adverbialer Bestimmung: *die viere wâren wol bereit, vil guot was ir geræte* 9, 7.

Nur das Prädicatsadjectiv des zweiten Satzes trägt die Bestimmung: *der Milte schaden machen wil, ir ungemach vil breite* 27, 5. *ich bin verdorben als ein mist, sam bitter als ein galle* 16, 1.

Wir sind hier auf einen Punkt gekommen, der meines Wissens noch nicht im Zusammenhang beobachtet ist. Und doch haben wir es hier mit einem Prinzip zu tun, das sich als allgemein mhd. erweisen möchte. Es dürfte ungefähr gleichen Schritt mit der Entwickelung der mhd. Kunst halten, in ihrer Blütezeit zu festester Geltung und ausgedehntester Anwendung gelangen und mit der Zeit ihres Verfalls schwinden. Es liesse sich zeigen, wie dieses Prinzip der Ausdruck einer allgemeinen ästhetischen Richtung ist, der sich unser Geschmack heute abgewandt hat: Und wir würden hiermit auf einen sehr interessanten Gegensatz geführt zwischen modernem und älterem Stilgefühl, zwischen dem was in mittelhochdeutscher Zeit als Stilideal erstrebenswert schien und dem was es in unserer Zeit ist. Aber der eng gesteckte Rahmen meiner Aufgabe hält mich ab, solchen Betrachtungen nachzugehen. Für den vorliegenden Zweck kann es nur darauf ankommen, Konrads

Stellung näher zu bestimmen, und wir wollen unsere Aufmerksamkeit der Reihe nach auf seine Verwendung des Epithetons, des Artikels und der Präposition in mehrgliedrigen Verbindungen lenken.

Wir beginnen mit dem Epitheton.

Für die Ausbreitung der Steigerungsform bei Konrad mag die Zahl der vorkommenden Fälle sprechen. Ich habe mir aus seinen Werken nicht weniger als gegen 760 notiert.

Seiner Neigung, solche Verbindungen zu schaffen, kommt in hohem Masse eine Ausdrucksweise entgegen, die uns schon früher beschäftigt hat. So gewinnt er in einer Anzahl von Fällen das Epitheton, indem er für den zweiten Begriff die S. 36 f. beobachtete Form der Umschreibung anwendet. Gewöhnlich wird durch diese derselbe Begriff noch einmal ausgedrückt, seltener ein neuer hinzugefügt. Das erstere geschieht in: *ein her und ein übermehtic schar* Trojan. 7830. *arm unde nider liute* Parton. 17671. *bûre und armer liute* Parton. 20907. *die frouwen und diu werden wîp* Trojan. 16362. *diu guote und daz vil minnecliche wîp* Trojan. 38336. *ein knabe und ein kleinez kint* Trojan. 14450. *friunt .. unde lieber lip* von der Minne 142. *diu sunne .. und der liehteberude tac* Trojan. 5880. *diu sunne .. unde ein wolkenlôser tac* Trojan. 26248. *mære .. und ein gar wunderlichez dinc* Trojan. 4910. *von der wilde und ûz dem wüesten walde* Trojan. 560. *ein rinc .. unde ein witer rûm* Parton. 13666. *den touf .. und die kristenlichen ê* Parton. 3346. *êre und werltlichen ruom* Alexius 517. *diu êre und dinen werden lip* Parton. 11320. *êr unde ein hôchgepriset leben* Trojan. 22074. *ûf mîn êre und ûf mîn ritterlichez leben* Trojan. 8410. *sîn geverte .. noch sîn hôhez leben* Parton. 6254. *schaz unde rîch geræte* Trojan. 2042. *des heiles und der lieben stunt* Trojan. 3307. *fröud und wünneclich gemach* Pantal. 1169. *fröide .. und wunneclichen rât* Lieder 4, 13. 29. 45. *froid unde ein wunneclichez leben* von der Minne 332. *wunn unde fröuden richen muot* Parton. 12547. *liebes vol und fröuden riches muotes* Pantal. 728. *vröud unde wunneclichen spot* Trojan. 16325. *an fröuden .. und an hôhem muote* Trojan. 5552. *bresten unde ein armez leben* Lieder 21, 3. *ein ende und einen bitter-*

lichen solt Trojan. 38570. *z'eime ralle und ze swærem lône* Trojan. 12050. *sicer unde riuweliche site* Trojan. 15674. *suœr unde sûre hantgift* Trojan. 25194. *smerze und schedelichiu zuoversiht* Trojan. 21942. *von ir scharne .. und von ir bilde wünneclich* Parton. 6730. *ein wunder .. und ein erwünschet bilde* Trojan. 19870. *diu natûre und daz angeborne reht* Trojan. 5676. *witz unde künsterîchen sin* Trojan. 1750. *mit zouber .. und von meisterlicher kunst* Trojan. 8160. *die lêre und den sinnerîchen muot* Trojan. 18674. *tugende vol und ellentrîcher sinne* Trojan. 31892. *ir muot .. und ir ellentrîcher sin* Trojan. 4226. *manheit und ellentrîchen sin* Trojan. 13315. *manheit und ellentrîchen muot* Trojan. 19221. *inner manheit .. und inner ellentrîchen craft* Trojan. 25796. *sin ellent .. und sinen ritterlichen muot* Trojan. 32366. *kraft und ellentrîchen sin* Trojan. 12423. *sin kraft .. noch sin vermezzenlicher sin* Trojan. 35360. *mit kreften und mit starken zügen* Trojan. 40374. *von ir gewalt .. und von ir helferîchen hant* Trojan. 39656. *die zuoversiht und den vesteclichen muot* Trojan. 21926. *ir willen unde ir frîyez leben* Trojan. 7825. *minn unde herzecclich gelust* Trojan. 9159. *lieb unde herzeclichen sin* Troj. 17033. *milt unde erbermecliche zuht* Parton. 19096. *mit der milte sin und mit rîlicher hende* Turn. 1138. *daz laster und daz smæhe dinc* Trojan. 22277. *unreht .. und allen wandelbæren sin* Trojan. 630. *valsch und ungetriuwen muot* Parton. 9911. *valsch unde marterlichen rât* Parton. 18560. *krieges .. und ernestlicher worte* Parton. 1512. *vorht unde zagelichen muot* Trojan. 30413. *vorht unde zagelichen sin* Trojan. 5567. In einigen Fällen wählt der Dichter ein Epitheton, durch das der Begriff erweitert oder verallgemeinert wird: *liut unde lebender sache* Parton. 943. *ritter .. und hôchgenanter liute* Turn. 272. *ûf êren .. und ûf edellichiu dinc* Trojan. 686. *wird unde tugentlichiu tât* Trojan. 21099. *ze strîte und ûf tugentliche site* Trojan. 5844. Ein neuer Begriff wird durch die Umschreibung hinzugefügt in: *êr unde wunneclichez leben* Parton. 6582. *êr unde miltecliche tât* Turn. 84. *din hôchgeburt, din richez guot und din vil minneclicher lip* Parton. 9546. *sin adel .. und sinen wunneclichen lîp* Trojan. 28884. *sine jugent und sine keiserlichen art* Trojan. 20904. *ir clârheit unde ir kiuschen art* Trojan. 24583. *der kiusche min . . und miner glanzen forme* Trojan. 22056. *mit witzen und mit vrecher hant* Trojan. 18523. *kraft unde ein frœlichez leben* Alexius 1300. *sin ellent . . und sîniu jungen starken lider* Trojan. 40006. *triuwe unde manlich muot* Lieder 32, 205. *durch helfe und durch getriuwen muot* Trojan. 18509. *ir minne . . und ir getriuwelichen muot* Trojan. 38360. *ir minne und ir getriuwez leben* Trojan. 8858. *die minne . . und allen willen zwivelich* Trojan. 8824. *diu scham und ir senelichiu nôt* Trojan. 8032. Einen Gegensatz enthält die Umschreibung in: *die heidenschaft und die getouften liute* Parton. 12294. *die richen . . und den armen bovel* gold. Schm. 794. *ritter unde varnde diet* Turn. 1153. *sin jugent . . und sin hôher lebetage* Trojan. 4596.

Im übrigen schafft sich Konrad die Steigerung zum grossen Teile durch die uns ebenfalls schon bekannten schmückenden und tautologischen Epitheten. Vor Allem muss wieder *hôch* herhalten, das sich dem zweiten Begriff beigesetzt findet: Trojan. 184. 345. 1955. 2133. 2433. 2645. 3165. 4279. 4319. 4597. 5553. 7210. 8015. 10228. 10383. 10449. 10508. 10884. 13360. 16189. 16765. 16799. 18681. 19243. 20357. 21323. 24265. 24459. 25133. 26415. 28879. 30405. 37355. 37375. Parton. 661. 1679. 2512. 3738. 4280. 6235. 6255. 7004. 7225. 7531. 7556. 8539. 9121. 9951. 11914. 12571. 15947. Silv. 4564. Engelh. 5121. Neben *hôch* ist ein so allgemeines Beiwort wie *ganz* am gewöhnlichsten. Es steht: Trojan. 4449. 8649. 9691. 10145. 15388. 18499. 21323. 28747. 28798. 30157. 32083. Parton. 1302. 4677. 6549. 7819. 8449. 9259. 14003. 14369. 16847. 18411. 20707. Alexius 59. 466. Silv. 3997. Schwanr. 437. Engelh. 225. 4195. Einen weiteren Einblick in seine Manier wird das folgende Verzeichnis gewähren, das alle mit wechselnden Epitheten wiederholten Verbindungen substantivischer Begriffe aufführt: *die güte . . und die richen künige wert* Trojan. 1888; *die güte . . und manic hôher künic wert* Trojan. 28878. *küng und werde fürsten* Trojan. 26667; *küneye vil . . und richer fürsten lobesam* Trojan. 24796. *die fürsten und die künige wert* Trojan. 24427; *ze vürsten und ze küngen hêr* Trojan.

23531. *herzogen unde grâven hôch* Engelh. 5121; *herzogen unde grâven rîch* Trojan. 36727. *herr unde vater hôchgeborn* Trojan. 28721; *herr unde vater lobelich* Trojan. 13322; *herr unde lieber vater mîn* Trojan. 18684. *herr unde herzelieber man* Trojan. 10329; *herr unde werder man* Trojan. 35434; *herr unde tugentrîcher man* Schwanr. 1199. *herr unde künic ûz erlesen* Trojan. 19292; *herr unde künic wol gemuot* Trojan. 24456; *herr unde künic lobelich* Trojan. 26473; *den herren und den künigen rîch* Trojan. 6545. *die heiden .. und die kristen ûz genomen* Parton. 12311; *der heiden .. und der getouften kristen* Parton. 21708. *diu sunne .. und der liehtebernde tac* Trojan. 5880; *diu sunne .. unde ein wolkenlôser tac* Trojan. 26248. *golt und edel gesteine* gold. Schm. 1913; *golt unde lieht gesteine* Trojan. 3865; *von golde .. und von gesteine lieht gemâl* Trojan. 2912. *daz silber und daz edel golt* Trojan. 34073; *von silber und von golde rôt* Alexius 1317. *von sîden und von golde rîch* Parton. 8411; *von sîden und von golde fîn* Trojan. 30583; *von sîden und von golde glanz* Trojan. 25835; *mit sîden und mit golde lieht* Parton. 14157. *die decke .. und diu rîlichen kursît* Trojan. 30786; *deck unde kursît lâsûrblâ* Parton. 5214. *diu wort .. und mîne zimelîche bete* Trojan. 26602; *mit worten und mit süezer bete* Trojan. 3677. *gnâd unde hôher danc* Trojan. 20357; *gnâd unde flîzeclichen danc* Schwanr. 770. *helf unde volleclichen trôst* Trojan. 9237; *sîn helfe .. und sîn genædeclicher trôst* Pantal. 568. *helf unde stiure manicvalt* Trojan. 32705; *helfe .. und ritterlicher stiure* Parton. 6496; *dîn helfe .. und diu vil hôhe stiure dîn* Parton. 9950. *stiur unde ritterlichen trôst* Trojan. 33499; *die stiure .. und den getriuwelichen trôst* Trojan. 36152. *mit kampfe und ouch mit strîte grôz* Trojan. 14401; *ze kampfe .. unde ûf ritterlichen strît* Trojan. 19164. *sleg unde stiche herte* Trojan. 11970; *sleg unde stiche manicvalt* Trojan. 34599; *mit slegen .. und ouch mit snellen stichen* Trojan. 39720. *stich unde grimmer slege vil* Trojan. 9863; *von stichen .. und von den slegen manicvalt* Trojan. 37254. *sîn ende .. und einen bitterlichen tôt* Trojan. 32496; *ein ende .. und einen grimmelichen tôt* Trojan. 18264. *jâmer unde sende klage* Trojan. 5365; *inrer jâmer und inrer marter-*

lichen klage Trojan. 13204; *in jâmer unde in tiefe klage* Parton. 9272. *jâmer . . und inneclichez ungemach* Trojan. 8302; *jâmer . . [und bitterlichez ungemach]* Parton. 12806. *leit und grôzez ungemach* Engelh. 1953; *sîn leit . . und sîn vil strengez ungemach* Engelh. 5190. *mit leide . . und in seneclicher nôt* Trojan. 8888; *mit leide . . [und mit klägelicher nôt]* Parton. 20200. *ze nôt und ze grimmer swære* Trojan. 7224; *in die nôt und in sô grimme swære tief* Parton. 21650. *sorg unde swære grimmeclich* Trojan. 25395; *ze sorgen . . und ouch ze grôzer swære* Parton. 5984. *swær unde kumberlichen pîn* Trojan. 9713; *mîner swære . . und mîner grôzen pîne* Pantal. 2032. *trûren unde sendiu nôt* Parton. 15691; *in trûren unde in klagende nôt* Parton. 15593. *fröud unde spilender wunne* Turn. 655; *fröuden . . unde hôher wünne* Parton. 660. *fröud unde wünneclich gemach* Pantal. 1169; *fröud unde ritterlich gemach* Parton. 17414. *êr unde ganze wirde* Trojan. 4449; *mit êren und mit wirde manicvalt* Trojan. 11704. *êr unde rehte frumekeit* Trojan. 20483; *êren vol und ûz erwelter frümekeit* Parton. 14562. *êr unde ein hôchgepriset leben* Trojan. 22074; *êr unde wunniclichez leben* Parton. 6582; *ûf mîn êre und ûf mîn ritterlichez leben* Trojan. 8410. *mîn êre und dînen jungen lîp* Engelh. 3447; *dîn êre und dînen werden lîp* Parton. 11320. *mit êren und mit reiner tugent* Trojan. 339; *mit êren und mit hôher tugent* Parton. 1679. *dîn lop und dînen werden prîs* gold. Schm. 647; *sîn lop . . und sîn durchliuhticlicher prîs* Trojan. 6208; *sîn lop . . und sînen ritterlichen prîs* Trojan. 34908. *ir namen und ir hôhen prîs* Trojan. 345; *sîn nam und sîn vil werder prîs* Trojan. 12020. *prîs unde ganze wirde* Parton. 20707; *prîs unde wirde stæte* Trojan. 10278. *kreft unde rîcher tugent* Trojan. 16377; *kreft unde lebender tugende* Pantal. 403; *krefte und hôher tugende* Silv. 4564. *kraft und ellentrîchen sin* Trojan. 12423; *sîn kraft . . noch sîn vermezzenlicher sin* Trojan. 35360. *ir herze und ir getriuwer sin* Trojan. 10120; *ir herze . . unde ir tugende rîcher sin* Parton. 16218. *dîn herze und dînen reinen muot* Trojan. 29347; *sîn herze und sîn getriuwer muot* Engelh. 5275; *sîn herze . . und sîn ungetriuwer muot* Engelh. 3278. *der leben und der süezer lîp* von der Minne 264; *dîn leben . . und dînen wunnebæren lîp* Trojan. 38810; *sîn leben .. und sînen wunneclichen lîp* Trojan. 13480; *ir leben .. unde ir minneclichen lîp* l'arton. 6944. *manheit und ellenthafter muot* Engelh. 4785; *manheit und ellentrîchen muot* Trojan. 19221. *ir manheit und ir hôhe kraft* Parton. 15947; *iuwer manheit .. und iuwer ellentrîchen craft* Trojan. 25796. *triuw unde ganze stæte* Trojan. 28747; *triuwen iht und inneclicher stæte* Trojan. 21384. *triuw unde manlich muot* Lieder 32, 205; *triuwe und einen stæten muot* Engelh. 597. *ûf die triuwe mîn und ûf mîn êre küniclich* Trojan. 5130; *ûf die triuwe sîn und ûf sîn êre keiserlich* Otto 654. *aller wisheit und manger hôhen künste* Trojan. 1954; *wîsheit .. und alliu meisterlîchiu kunst* Trojan. 1986. *witz unde reiniu wîsheit* Trojan. 2093; *witz unde grôzer wîsheit* Trojan. 19251. *witze und edel kunst* Trojan. 2619; *witz unde guoter künste* l'autal. 1663; *von dînen witzen und von der hôhen künste dîn* Trojan. 8014. *witze und edel tugent* Trojan. 7424; *witze vol und rîcher tugent* Trojan. 13362.

Aus den angeführten Beispielen ist ersichtlich, dass das Epitheton auch dann an zweiter Stelle steht, wenn es dem Sinne nach bereits zum ersten Begriff gehört. Es findet sich daher auch in den Verbindungen synonymer Begriffe an zweiter Stelle und bewahrt diesen Platz selbst in solchen Fällen, in denen **wir** es unbedingt dem ersten Begriff vorsetzen müssten. Einen recht augenfälligen Beweis, wie das Epitheton weniger am Begriff als an der Stelle haftet, gibt die folgende Gegenüberstellung ab:

küng unde werde fürsten Trojan. 26667.

die fürsten und die künige wert Trojan. 24427.

gesteine und edel golt l'arton. 1016.

golt und edel gesteine gold. Schm. 1913.

sleg unde stiche manicvalt Trojan. 34599.

von stichen .. und von den slegen manicvalt Troj. 37254.

den tôt .. unde ein ende bitterlich Trojan. 38698.

sîn ende .. und einen bitterlîchen tôt Trojan. 32496.

ir muot .. und ir ellentrîcher sin Trojan. 4226.

ir sin .. unde ir ellentrîcher muot Engelh. 4836.

stæt unde ganze triuwe Parton. 14003.

triuw unde ganze stæte Parton. 7819.

Eine ganze Anzahl dieser gesteigerten Verbindungen tritt in den Werken Konrads wiederholt auf, so dass sie sich dem Charakter stehender Phrasen nähern. Es sind folgende: *herr unde vater hôchgeborn* Trojan. 28721. 30296. *kein vrouwe noch kein werdez wîp* Trojan. 29518. *die frouwen und diu werden wîp* Trojan. 16362. *die grîfen und die löuwen* arc Trojan. 5860; *den grîfen und den löuwen* arc Parton. 14816. *wazzer unde winde kalt* Trojan. 24090; *daz wazzer und die winde kalt* Trojan. 24349. *die bluomen und daz grüene gras* Engelh. 2592. Trojan. 26149; *in bluomen unde ûf grüenez gras* Trojan. 31451. *gesteine und edel golt* Trojan. 37834. Parton. 1016. 20933. 21759. *von silber und von golde rôt* Alexius 1317. Parton. 2874. *an liuten unde an richer habe* Trojan. 18085. 18415. 26581. 29453. 31931. 40369. Parton. 4297. *ors (ros) unde stähelin gewant* Parton. 13044. Engelh. 2828; *ors und daz stählelin gewant* Parton. 11944; *z'orse .. und ze steheliner wât* Engelh. 4704. *helm unde liehte schilte* Trojan. 27505. 28357. *sin gewant und sin küniclichez kleit* Engelh. 5706; *sin gewant und siniu küniclichiu cleit* Trojan. 5512. *stich unde grimmer slege vil* Trojan. 9863; *sô manigen stich und alsô grimmer slege vil* Trojan. 36412. *vrid unde stæte hulde* Trojan. 5119. 5415. *des zornes sin .. und allen vientlichen haz* Trojan. 5649; *sunder zorn .. und âne vientlichen haz* Trojan. 2761. *jâmer unde sende klage* Trojan. 5365; *mit jâmer und mit sender clage* Trojan. 7980; Alexius 383. 797; *in jâmer und in sender klage* Trojan. 20427. Parton. 6611. *ir leit und die vil hôhen smâheit* Trojan. 10227; *siniu leit und die vil hôhen smâheit* Trojan. 7209. *sorg unde bitter ungemach* Trojan. 24119. Schwanr. 611. *swær unde bitter ungehabe* Trojan. 6530. 11431. *swær unde kumberlichen pîn* Trojan. 9713. 16027. 20638. *swær unde bitter ungemach* Trojan. 19231; *in swære .. unde in bitter ungemach* Trojan. 22388. *trûren unde sendiu nôt* Parton. 15691; *mîn trûren und mîn sende nôt* Trojan. 21354. *vröude .. und mînes hôhes muotes vil* Trojan. 16764; *an fröuden .. und an hôhem muote* Trojan. 5552. *fröud unde spilender wunne* Trojan. 20914. Turn. 655. *fröud und hôher wunne* Parton. 3738; *fröuden .. unde hôher wünne* Parton. 660; *an fröuden .. und an hôher wunne* Parton. 9120. *froide . . unde wunneclichen rât* Lieder 4, 13. 29. 45. *fröud und wünneclich gemach* Pantal. 1169; *ze fröuden . . und ûf wunneclich gemach* Trojan. 7394. *êr unde ganziu wirde* Trojan. 30157; *êr und ganze wirde* Trojan. 4449. *êr unde werdeclichen pris* Trojan. 25247; *den êren . . und werdeclichem prîse* Trojan. 18312. *êr unde keiserlich gemach* Parton. 2518. 7511. *êr und ganziu wirdekeit* Alexius 466; *êr und ganze wirdekeit* Parton. 8449. 9259; *mit êren . . unde in ganzer werdekeit* Parton. 14368. *in êren und in [reiner] tugent* Parton. 6315; *mit êren und mit reiner tugent* Trojan. 339; *von êren und von reiner tugent* Trojan. 21001; *mit êren und mit hôher tugent* Parton. 1679. 7556. *dîn lop und dînen werden pris* gold. Schm. 647. 867. *pris und ganze wirdikeit* Trojan. 8649. 32083. Parton. 4677. *genâde und wîpliche zuht* Engelh. 4420; *ûf gnâde und ûf wipliche zuht* Trojan. 9066. *ir herze . . und ir tugende rîcher sin* Parton. 16218. Trojan. 28634. *sin leben . . und sinen wunneclichen lîp* Trojan. 13480. 13876. *manheit und ellentrîchen sin* Trojan. 13315. 33129; *sine manheit . . und sinen ellentrîchen sin* Trojan. 31398. *manheit und ellentrîchen muot* Trojan. 19221; *sîn manheit . . und sîn ellentrîcher muot* Trojan. 11954. *vorht unde zagelîchen sin* Trojan. 5567. 29431. *dîn nam und dîn getriuwer lîp* Trojan. 6643; *ir name und ir getriuwer lîp* Parton. 8434. *stæt unde ganze triuwe* Parton. 14003. Trojan. 18499. *triuw unde ganze stæte* Trojan. 28747. Parton. 7819. *triuwe . . und innecliche wârheit* Engelh. 114. 6472. *der triuwen und der hôhen zuht* Parton. 11914. 12571.

Die Form der Congruenz ist bei Konrad in Bezug auf das Epitheton weniger beliebt. Während dieses in den ersten 10000 Versen des Trojanerkriegs 133mal an zweiter Stelle auftritt, findet es sich nur 48mal an beiden Stellen. Dies entspricht dem Verhältnis in der Klage der Kunst insofern, als in diesem kurzen Gedichte nur die Form der Steigerung zu belegen war.

Der dritte Fall nun aber, die Beschwerung des ersten Gliedes, muss als Ausnahme bezeichnet werden. Besonders widersteht es Konrad, dem mit Epitheton versehenen ersten Gliede das zweite ganz unbekleidet folgen zu lassen. In der

Welt Lohn, dem Turnei, Otto, der Erzählung von der Minne, Pantaleon findet sich hierfür gar kein Beispiel. Alexius 510 liest Haupt: *des buten im diu liute dô vil hôhen prîs und êre.* Aber die Handschrift gewährt den Comparativ *hôher*, der hier durchaus sinngemäss erscheint. In der goldenen Schmiede ist die einzig widersprechende Stelle Vers 1985 verderbt (s. S. 58 f.). Auch aus Engelhard lässt sich kein sicheres Beispiel anführen. Wenn Haupt 2938 schreibt: *liehte bluomen unde gras | suln wir dar inne schouwen*, so erhalten wir diesen widersprechenden Fall erst dadurch, dass er *als das* des Druckes in *unde* ändert. Es ist die Stelle, wo Engeltrut den Geliebten zum geheimen Stelldichein in ihren Garten bescheidet. Man wird zugeben, dass Haupts Herstellung schon deswegen recht bedenklich ist, weil sie Konrad eine über die Massen ungeschickte Ausdrucksweise aufbürdet. Ich vermute vielmehr, dass gerade in dem *als* des Druckes das Echte steckt. Denn wie sollte der Ueberarbeiter dazu kommen, dieses Wort in absolut sinnloser Weise an Stelle eines *unde* zu setzen? Das Richtige wird demnach sein: *liehte bluomen als ein glas suln wir dar inne schouwen.* Gewöhnlicher wäre die Stellung *bluomen lieht alsam ein glas*, vgl. z. B. Schwanr. 132. 160. 875. Trojan. 9559. 12549. Parton. 13872. 20572. Indessen dafür, dass auch die andere Stellung bei Konrad nicht unerhört ist, führe ich an: *ûz blanker sîden als ein harm* Parton. 13011. *dâ grüene schîben sinewel stuonden ûfe sam ein gras* Parton. 14488. Ueber die Beliebtheit der Vergleiche mit *glas* bei Konrad s. S. 42. — Auch 3466 ergibt erst die Herstellung Haupts. Er schreibt: *wart ûf erden ie gehabet durchganziu liebe und minne, diu was ouch in ir sinne versigelt und beslozzen.* Uns muss diese Ausnahme um so mehr auffallen, als wir oben gesehen haben, dass gerade *ganz* bei Konrad als steigerndes Beiwort des zweiten Gliedes stehend ist. Der Druck schreibt hier *durch gantze*, das Compositum *durchganziu* aber, das Haupt daraus macht, lässt sich weder durch Konrad noch sonst belegen. Ich lese daher mit Streichung des *und*: *wart ie gehabet durch ganze liebe minne, diu wart* etc., vgl. *minn ist sô niuwegerne, daz ir verlâner vürwiz durch ganze liebe manigen sliz kan zerren unde brechen* Trojan.

11234. *swaz mir noch liebes ie geschach von minneclicher sache* Parton. 11284. — 3368 *daz mir guotiu lêre tiure ist worden unde rât* wage ich nicht direkt zu leugnen. Aber das Subjekt des regierenden Satzes *rede und muot*, *diu zwei* legt es hier sehr nahe, *guotiu* in *beidiu* zu verwandeln.

Aus Silvester ist nur *michel nôt und arbeit* 4756 zu erwähnen. Diese Ausnahme aber, die Parton. 18825 *michel nôt und angest* zu bestätigen scheint, ist nicht auffallend, da *michel* einem substantivischen *vil* gleichkommt und sich so zu den Zahlworten stellt (s. S. 57 f.).

Im Partonopier schreibt Bartsch 1016: *vor im gesteine und edel golt | er hete wol und trincvaz.* Es werden vorher die Wunder beschrieben, die Partonopier im Schlosse Meliurs an der Tafel erlebt. *er hete* ist Aenderung Bartschs, für die die Handschrift *zierte* überliefert. Doch nicht in *zierte* ist die Verderbnis zu suchen, sondern in *wol*: denn vor *und* kann nicht dieses Wort, sondern nur ein Parallelbegriff zu *trincvaz* gestanden haben. Als solchen bietet sich *miol* 'Pokal'. Dieses Wort, das besonders bei fehlendem J-Punkt ungemein leicht als *wol* gelesen werden konnte, findet sich gerade bei Konrad belegt: *gefüeget was sîn harnasch als ein lûter miol* Parton. 13538. *ez kan glenzen sam durch einen klâren miol lûter wîn* Lieder 32, 369. Der Vers verlangt, dass wir *miol* vor das Verb rücken.[1] *vor im* aber steht an der Spitze unseres Satzes so seltsam und überflüssig, wie für das Verbum des vorhergehenden Satzes eine nähere persönliche Bestimmung nicht gut entbehrt werden kann. Wir müssen also noch die Aenderung in *vür in* vornehmen, und die ganze Stelle lautet nun: *des wart ein grôz unbilde tougenlîche dran geholt vür in. gesteine und edel golt miol zierte und trincvaz.* Hiernach bleiben für die 22000 Verse des Partonopier im ungünstigsten Falle zwei Ausnahmen: 1217 *strengez leit und ungemach,* vgl. indessen Engelh. 1953 *leit und grôzez ungemach. sîn leit . . und sîn vil strengez ungemach* Engelh. 5190. — 4354 *vil rîchez kleinœt unde schatz.*

---

[1] Solche Wortversetzungen finden sich in der Handschrift sehr häufig, vgl. die Lesarten zu 9757. 9946. 10171. 10608. 10626. 10838. 11075 etc.

Im Trojanerkrieg findet sich: *daz wilde fiur und eiter* 9771, vgl. *gift unde wildes fiures* 9890. In zwei Stellen erklärt sich die abweichende Stellung, weil durch sie der Hiatus vermieden ist: *waz grimme sorge und angest sî* 14528. *vil strenge nôt und arebeit* 26589. Ausserdem sind nur noch zu nennen: 22656 *grôz weinen unde hantslagen | ir megde triben unde ir wîp.* 34212 *grôz wüefen unde brehten | wart eht aber dâ getân.* 1719 *wan daz er guoter warte | noch kleider niht enhate.* 14196 *dû hâst behendeclichiu dinc | gelernet unde strîten wol.* 17424 *si wâren künige rîche, | margrâven unde herzogen.* 35704 *des truoc er angestbæren pîn | und marter bî der wîle.* Die beiden ersten Fälle treten zu Silv. 4756 und Parton. 18825 (s. S. 54), während in den übrigen wenigstens das Versende die beiden Glieder scheidet. 6596 aber: *swer hôhes lobes und êren gert* ist vielleicht *hôhes* in *beide* zu ändern, vgl. den ganz ähnlichen Vers Engelh. 1628: *der beide lobes und êren gert.*

Auch in der einzigen Ausnahme des Schwanritters tritt das Versende zwischen die Glieder: *daz si niht fremder mære, | noch âventiur geruochten* 198. Dasselbe trifft Lieder 9, 25: *geilen sich werde man | unde wîp!* und 23, 7 zu: *grüeniu kleit | unde weit | ir der liehte sumer sneit.* 12, 2 aber lesen wir: *liehte bluomen unde gras*, ohne dass hier Bedenken der Art wie Engelh. 2938 vorliegen.

Anstandsloser, obwol verhältnismässig selten genug, gibt Konrad dem ersten Gliede ein Beiwort, wenn das andere mit Artikel, Pronomen oder auch bloss mit Präposition versehen ist: Turn. 1106 *von den schilten rîche | und von den helmen.* Otto 197 *der hôhe mein unt diu geschiht.* 726 *ein suone lûter und ein vride.* gold. Schm. 194 *den touf vil heilic und den crisem.* Schwanr. 982 *in kleiniu stückelîn | unde in spæne.* 1238 *ir angest bitter | .. und ir beswærde.* Alexius 118 *ir edel herze .. | .. unde ir leben.* 169 *ir werdez leben unde ir lîp.* Pantal. 626 *dîne güete manicvalt | und dîne gnâde.* Lieder 2, 45 *an armen küejen unde an geizen.* 32. 200 *er wirt durh sînen stæten sin und dur sîn ellen gêret.* Engelh. 763 *ir werdez leben unde ir lîp* (vgl. Alexius 169). 960 *ir klâre angesiht | unde ir herze.* 962 *ir spilendiu ougen unde ir muot.* 3169 *ir hôhiu freude und ir gemach* (vgl. 3116). 5176 *ouch wart sîn werdiu horeschar | betrüebet und diu lantdiet*. Haupt verzichtet daher auch wol mit Recht 2470 auf den Artikel (s. seine Anmerkung zu dieser Stelle) und 2847 auf den Plural statt auf das Epitheton. Für letzteren Fall wird dieses zudem noch bestätigt durch Trojan. 32125. Im Trojanerkrieg kommen auf die ersten 8000 Verse nur zwei Fälle 3650: *mit scharpfen swerten und mit spern* (vgl. 31889) und 3718: *ir glanzen blech und ir geleich*. Aber später mehren sich die Beispiele, s. 8210. 8709. 9742. 11534. 12486. 12764. 12966. 13744. 14377. 14550. 15278. 15316. 15517. 16452. 16454. 19062. 19474. 23242. 23554. 25198. 25900. 26192. 30790. 31364. 32125. 32516. 34032. 37448 (= Otto 726). 39106. 40142. 40294. — Aus Partonopier sind zu notieren: 1146. 1204. 2068. 3180. 6174. 6448. 6755. 7714. 9672. 9720. 10530. 10604. 10728. 10896. 11825. 12392. 12489. 12602. 12638. 13471. 15692. 17728. 19994. 21735. Verhältnismässig die meisten Beispiele weist Silvester auf: 22. 770. 1553. 2404. 3569. 4074. 4496. 4724. 4786. 4806. Ausgeschlossen aus diesem Register sind: Trojan. 11141. 20278. Parton. 2189. 5224. 21571. Silv. 922. 4329, wo das zweite Glied einen Relativsatz im Gefolge hat; und Trojan. 23400. Parton. 9876. 11114. 21720. 15005, wo das erste Glied durch seine Stellung aus der Verbindung losgelöst erscheint. Ferner bleiben die wenigen Fälle bei Seite, in denen sich das zweite Glied mit *al* anfügt: da dieses Wort einem steigernden Adjektiv gleichkommt; und endlich ist von den Namen abgesehen.

Wir kommen nun zum Artikel oder Pronomen der mehrgliedrigen Verbindungen. Hier stellt sich die Redeweise insofern etwas anders, als anstatt des Prinzips der Steigerung das der Congruenz vorwaltet. Die Konrad natürlichste Form ist also allen Gliedern der Verbindung Artikel oder Pronomen zu geben. Daneben treffen wir aber auch den andern Fall, die Beschwerung des zweiten Gliedes, in einer Ausdehnung, dass sich weder Hartmann noch die übrigen mhd. Dichter, an denen Haupt zu Erec 8239 einen ähnlichen Gebrauch beobachtet hat, in dieser Beziehung im entferntesten mit Konrad messen können.

Der dritte Fall, dass das erste Glied die Beschwerung trügt, ist hier noch vereinzelter als beim Epitheton. Es sei genannt: *mit der milte sîn | und mit rîlicher hende* Turn. 1138. *der nütze wîse rât | und ûz erweltiu bîschaft* Parton. 62. *liebiu swester min, | und ûz erweltiu reine maget* Parton. 14926. *zeiner sælekeit | . . und ze heile* Parton. 14080. *daz wilde fiur und eiter* Trojan. 9771. *ein herze sûr | und argen muot* Trojan. 39396. *den êren . . | und werdeclichem ; rîse* Trojan. 18312. *dur den vater mîn | und dur zuht* Trojan. 26704. *sîn gemach | und guot geniste* Silv. 664. Auch die folgenden Fälle werden anzuerkennen sein: *blâwen viol, grüenen klê, | die gelwen zitelôsen | unde rôte rôsen ' . . | siht man springen über al* Lieder 4, 23. *des wart ein schumphentiure | vernomen unde grimmer schade* Parton. 3786. *dô wart ein ungefüeger dôz | vernomen unde michel schal* Silv. 2259.

Man ersieht also und besonders aus dem letzteren Beispiele, dass sich der Dichter der Allegorie nicht von der Eigenart Konrads entfernt, wenn er schreibt: *lâ dir mîn leit geklaget sîn | und michel ungeschihte* 15, 5. Ganz leichter Natur sind: *einen grimmen tôt | und alsô marterlîche nôt* Parton. 6437. *in den sorgen . . | und in sô grimmer næte* Parton. 10019. Ebenso: *sîn gemüete . . | und alles sînes herzen gir* Parton. 11580. *diu cristenheit | und der jüden schar* Silv. 2793. *daz gestirne | . . und der sunnen stoup* goldn. Schm. 48. Doch wird *daz den himelvürsten | muoz selben nâch ir dürsten, | und aller engel prinzen* goldn. Schm. 591 zu ändern sein in *der himele vürsten*, was vortrefflich mit *aller engel prinzen* correspondiert, vgl. 513 *der himele keiser und ir voget*, wo *f* mit demselben Fehler *den* liest: *des himels keiser* Engelh. 5162.

Weniger ungewöhnlich stehen die Zahlpronomina *al* und *manic* nur beim ersten Gliede, z. B. *manic lieht carfunkel und edel stein* Parton. 1196. *vil manegen salmen unde vers* Parton. 4031. *vil manic stegereif . . unde satelboge* Turn. 826. *vil manigen ritter unde kneht* Trojan. 26574 etc. *al dîne lêre und dîniu wort* Pantal. 1735. *al sîn hovediet und sîn lantgesinde* Schwanr. 1302. *al unser state und unser maht* Trojan. 11645. *al iuwer state und iuwer kraft* Trojan.

13328. *ân allen kriec und âne haz* Trojan. 1837. *ân allen falsch und âne mein* Trojan. 26768 etc.

In einer Anzahl der eben aufgeführten Beispiele muss das Pronomen gemeinsam genommen werden. Für den Artikel oder das Possessivpronomen lässt sich ein solcher Fall nicht nachweisen: Vielmehr können wir als ausnahmelose Regel aufstellen, dass die gemeinsame Stellung dieser Worte bei Konrad unstatthaft ist. Dieses Gesetz scheint bereits Lachmann an Konrad bekannt gewesen zu sein. Wenigstens bemerkt Haupt zu Engelh. 914 *sô wil diu reine und guote* nachträglich: '*und* tilgt Lachmann mit Recht; sonst müsste der Artikel wiederholt sein.' Er fügt denn auch nach Lachmann nachträglich 2167 dem zweiten Gliede das Pronomen bei. In andern Fällen ergänzt er gleich Artikel oder Pronomen, so 1804. 6071. 6416. — 877 verlangte der Vers die Einsetzung; 2225. 4783 die Grammatik; 864. 3101 der Sinn die Aenderung. Es bleibt allein 1790, wo Haupt mit dem Druck schreibt: *doch stuont ir wünne und freude alsô*. Wir vermissen hier den Hinweis auf *herze*, der gerade nach Konradischer Ausdrucksweise nicht gut entbehrlich ist. Ich streiche *ir* und schreibe: *doch stuont dâ wünne und freude alsô*.

Der Welt Lohn, Otto, die Erzählung von der Minne, Alexius, Pantaleon, die Lieder geben zu keiner Bemerkung Anlass. In der goldenen Schmiede 809 setzt Haupt Engelh. S. 237 des Hiatus wegen bereits das zweite *ein* ein. Nicht so einfach ist 1984 f.: *dô kam zeinander und ze hûf | die grôzen berge unde tal*. Schon Haupt Engelh. S. 238 erkennt die Verderbtheit dieser Stelle 1) wegen des Hiatus und 2) wegen der Verbindung des verbalen Singulars mit Substantiven im Plural. Nach unseren Betrachtungen kommt nicht allein drittens der fehlende Artikel des zweiten Gliedes hinzu, sondern auch das Epitheton an erster Stelle erwies sich als auffällig. In diesem Epitheton nun zeigen die Handschriften merkwürdiges Schwanken. Während nämlich der eine Teil *die grossen* oder *groze* überliefert, hat H *die hohen*, B *die holen*. Die beiden ersten Lesarten erscheinen als selbständige Besserungsversuche der unverständlichen letzten: H findet ein passendes Wort für *holen* durch Aenderung nur eines Buchstaben, die andere Ueberlieferung, weniger ängstlich, verfällt auf das erste beste nahe liegende Wort. Steht *hol* aber hier auch als Epitheton unpassend, so könnte es doch als paralleles Substantiv zu *tal* durchaus seinen Platz bewahren. Wir brauchen dann nur den Ausfall des Parallelbegriffs zu *berc* anzunehmen. Hierfür aber bietet sich *vels*, und ich glaube demnach, das Echte wird sein: *dô kam zeinander und ze hûf vels unde hol, berc unde tal*. Gegenüberstellung von *berc* und *hol* findet sich 1256: *er züge mit eime vademe an sich die hæhsten berge wol, und liez doch in eim engen hol hie ruowen sîne magenkraft*.

Turn. 1054 wird die Regel erst durch die Herstellung von Bartsch verletzt (s. S. 63). Schwanr. 36 ist *er bruch ir dörfer unde ir stete | mit schedelichen reisen* statt *unde stete* zu schreiben oder man müsste *ir* als Dativ nehmen wollen. Schwanr. 128 lese ich: *sin helm, sin hulsberc und die hosen* statt *unde hosen*. Silv. 2267 *der lebende und der wære got* statt *unde w. g.* Trojan. 20690 *Helêne diu het im benomen | sin, muot, fröud unde kraft*. Auch *A b c d* hat *sin*, während Keller *sinen muot, fröud unde kraft* schreibt; vgl. auch Trojan. 20840 *sin, muot und sines herzen gir hât er dar ûf gekêret*. Trojan. 25791 *ein swachez unde ein kleinez her*. So auch *b d e*; Keller *unde kleinez her*. Trojan. 26338 *ir werden unde ir süezen | gesellen unde ir künge rîch* statt *unde k. r.*

Dass es bei dem Schreiber des Partonopier, dessen Nachlässigkeit ganz besonders Artikel und Formwörter zu Opfer fallen, mehr denn anderswo nachzubessern gibt, wird nicht Wunder nehmen. Ich lese: 384 *den grimmen und den scharpfen spiez* statt *unde sch.*; 409 *der edel und der süeze kneht* statt *unde s.*; 806 *ir porten unde ir wende | ir türne und alle ir mûre* statt *unde ouch*[1] *wende*; 1024 ist überliefert *mit klâren sinen ougen | spürt er den ritter unde kneht*. Mit der einfachen Einsetzung des Artikels vor das zweite Glied ist es hier nicht getan. Denn es handelt sich nicht um einen einzelnen oder bestimmten Ritter, sondern um eine ganze Tisch-

---

[1] Dass der Schreiber gern ein *ouch* zugibt, darüber s. Bartsch zu 806 und 11086.

gesellschaft. Der Artikel passt also nur an zweiter Stelle. Aber in Ordnung sind die Verse noch nicht. Bartsch bemerkt: '*spürt,* erforschte: deutlicher wäre *suocht er.*' Aber erstens kann *spürt* hier nichts anderes als 'er nahm wahr' heissen, und zweitens würde Konrad wol sagen *mit sînen ougen,* allenfalls auch *mit sînen klâren ougen spürt er,* aber die durch das nachdrucksvoll stehende Beiwort verstärkte Trivialität *mit klâren sînen ougen spürt er* bleibt undenkbar. Dieser Ausdruck setzt vielmehr eine Negation voraus, und ich schreibe daher: *mit klâren sînen ougen spürt er ritter noch den kneht,* womit auch die Uebereinstimmung mit dem Folgenden völlig hergestellt wird: *in irte schallen noch gebreht, diu harphe noch diu lire.* — Man lese 1814 *ir minne, ir frîheit unde ir muot* statt *ir m., fr. unde m.*; 2228 *daz ouge sîn und sîn gesiht* statt *und angesiht,* vgl. 9456 *min ouge und min gesiht.* Den Chiasmus des Pronomens sucht Konrad gern, vgl. z. B. *diu sælde dîn und dîn heil* Engelh. 6094. *al die swære dîn und dînen kumber angestlich* Engelh. 4104. *ûf die triuwe mîn und ûf mîn êre küniclich* Trojan. 5130. *diu muoter sîn und sîne bruoder* Trojan. 5332. — *angesiht* ist auch 2440 fälschlich überliefert, wo Bartschs Herstellung im Text *swaz sîn ouge und sîn gesiht* anzunehmen, seine Erwägung in der Anmerkung aber zurückzuweisen ist. 2572 schreibe ich: *der valken und der habeche vil, | sperwær und smerillen | maht dû nâch dînem willen | dâ schouwen michel wunder* statt *der sperwær;* 2739 *sîn liep, sîn fröude und sîn gemach* statt *sîn liebe, fr. u. s. g.* Aber nach Engelh. 3169 *ir hôhiu freude und ir gemach* (vgl. auch Engelh. 3116) und nach der an Konrad beobachteten Neigung zu pleonastischen Epitheten geht hier auch an: *sîn liebiu fröude und sîn gemach;* 3152 *der junge wol getâne* statt *und wol getâne,* vgl. *der hübesche wol gemuote* 3352. *den reinen wol gesiten* 6224. *der hövesche wol gemuote* 6504. *diu reine wol getâne* 11930 etc.; 4626 *mîne schænen | und mîne werden ritterschaft* statt *unde w.*; 5328 *der biderb und der fruote* statt *unde fr.* 6707 überliefert die Handschrift richtig: *daz schuof ir silber und daz golt.* Warum Bartsch in *unde golt* ändert, ist nicht ersichtlich. 7344 ist zu lesen: *der langen und der tiefen* ǀ *siuften ich genieten mich* statt *unde ouch t.*; vgl. *der langen und der tiefen* ǀ *siuften holte si genuoc* 7958; 9546 *din hôchgeburt, din rîchez guot* ǀ *und din ril minneclicher lip* statt *din hôchgebürte und r.* Ueber *hôchgebürte* s. Bartsch zu dieser Stelle. 9876 ändert Bartsch: *den grimmen lewen angestlich* ǀ *und den grifen unde bern.* Man könnte mit der Handschrift lesen: *und den gr. und den bern.* Allein statt des zweimaligen *und* wäre der Schmuck eines Epithetons für das letzte Glied Konrad gemässer. Ich schlage daher vor: *den grîfen und den wilden bern* im Einklang mit 10700 *den lewen und den serpant, den grifen und den wilden bern.* 10514 lese ich: *der edel und der wol gesite* statt *unde w. g.*; 19660 *der hübesch und der fiere.* Die Handschrift überliefert *vnd auch f.*, Bartsch schreibt *unde fiere.* 21629 endlich ist zu schreiben: *diu glanzen und diu scharpfen swert* statt *unde scharpfen.*

Lachmann zu Nibel. 312, 3 und zum Iwein 3649 [1] und Haupt zum Erec 8595 beobachten, dass die Schreiber mhd. Gedichte in der Wiederholung der Präposition im allgemeinen genauer sind als die Dichter. Was nun Konrad betrifft, so behauptet Bartsch zu Parton. 1679, dass er keineswegs immer die Präposition wiederholt. Ich weiss nicht, worauf er seinen Satz gründet. Wer sich aber erinnert, mit welcher Beflissenheit Konrad bei dem Epitheton, bei Artikel und bei Pronomen die Congruenz durchführte, wird von vornherein nicht annehmen, dass er bei der Präposition seine Liebe zu glatter Regelmässigkeit verleugnet. In der Tat sprechen im Trojanerkrieg in ungefähr 1800 Fällen die Ueberlieferung oder andere Gründe dafür, dass der Dichter dem zweiten Gliede die Präposition gibt. Dieser Anzahl treten nur fünf Fälle gegenüber, in denen die Handschriften keine Präposition aufweisen, obschon der Vers die Wiederholung nicht verbietet. Ich glaube demnach den Satz aufstellen zu können: Wo es Konrad frei steht, gibt er dem zweiten Gliede die Präposition. Und demnach ändere ich die erwähnten fünf Stellen folgendermassen: Troj. 21159 *nam ich für wisheit und für hort* statt *unde hort*, vgl. Trojan. 2239. 2738; 24515 *vür sich und vür*

---

[1] vgl. übrigens dagegen Benecke zum Iwein 6861.

al sine schar statt *und alle sine*; 34928 *von ir velzen* | *und von ir sniden* statt *unde ir*; 39065 *über sich und über sîn schar* statt *und sîne*; 39436 *dur halsberc und dur platen* statt *unde p.* — Der Welt Lohn 217 lese man: *mit kroten und mit nateren* statt *unde n.* Im Engelhard stellt Haupt bereits 886. 3622. 5188. 6409 mit richtigem Takte die Präposition wieder her, obwol es andere Gründe nicht verlangen. Doch bleibt noch nachzuholen: 1166 *noch an ir siten und an ir art* statt *unde ir*; 4897 *beide ûf îsen unde ûf leder* statt *unde l.*; 5635 *nâch êren und nâch minne wol* statt *unde minne.* Alexius 553 ändere man: *bî im und bîme gesinde sîn* statt *und dem g.*

In den übrigen Werken ist Alles in Ordnung. Die Ueberlieferung des Partonopier aber nimmt wieder eine Sonderstellung ein. Ich schreibe: 346 *durch brâmen und durch wildez krût* statt *unde w.*; 393 *von im und vome gesinde* statt *und dem g.*; 4012 *ûz Parme und ûz Bôlonje,* | *von Pûfî und von Meilân* statt *unde Meilân*; 4382 *durch rehten und durch grimmen strît* statt *unde g.*; 5279 *durch gewæfen und durch schilt* statt *unde sch.*; 5330 *mit grimmen und mit scharphen sporn* statt *unde sch.*; 6071 *durch grimmen und durch strengen haz* statt *unde st.*; 12401 *durch dienest und durch werdekeit* statt *unde w.*; 13627 *mit grimmen und mit scharphen sporn* statt *unde sch.*; 13641 *durch warten und durch luogen* statt *unde l.*; 15474 *von Baldac und von Marroch.* Handschrift *vnd*, Bartsch *unde*; 16558 *durch die wisen und durch daz gras* statt *und daz*; 18237 *durch warten und durch schouwen* statt *unde sch.*; 20476 *durch rehten und durch strîtes nôt* statt *unde strîtes.*

Eine ganz andere Frage ist nun, ob die Präpositionslosigkeit des zweiten Gliedes bei Konrad geradezu unerlaubt ist. Wenn wir von *zwischen* absehen, das nie wiederholt wird (vgl. Trojan. 3819. 5709. 25392, Engelh. 3056. 5011. 5094 etc.), so sind es aus allen Werken Konrads ausser Partonopier nur 15 Fälle, die hier in Betracht kommen. Von ihnen erweist sich ein Teil als sicher verderbt. Trojan. 12719[1] kommt auf Rechnung des Herausgebers. Hier bot

---

[1] Man corrigiere in Bartschs Anmerkungen die Zahlen von 12715 bis 12722 durch Zuzählung von 2.

b c d richtig *uwer* statt *miner* und es war zu schreiben: *hie mite was in widerseit von mir und aller iuwer schar*. Denn die Verhandlung, auf die sich Herkules beruft, fand zwischen den Führern statt, und es hat keinen Sinn, von einer Kriegserklärung der Mannschaften zu sprechen. Dagegen redet Herkules auch kurz vorher nicht nur Laomedon, sondern zugleich sein Volk als Beleidiger an: *swaz ir und iuwer liute mir ze leide hânt getân* 12648. Dass *miner* aus *iuwer* geändert wurde, ist leicht einzusehen, nicht so das umgekehrte. 11744 wird zu lesen sein: *swaz aber liute hie bestât | bî den schiffen an dem mer* statt *und dem mer*. Denn in Beziehung auf dieselben Mannschaften heisst es 12886: *swaz bî den schiffen liute was beliben*; vgl. übrigens 12304 *wan dô die Kriechen wâren komen | zuo den schiffen an daz mer* und 12300 *und kêrten âne sûmen | zuo den kielen ûf den sant*. Auch gold. Schm. 192 f. führt ein Teil der Handschriften auf das Richtige. Grimm schreibt nach *B H g*: *er riuchet unde dræhet vür den balsem und den bisem*. Aber aus den übrigen Handschriften, von denen *ACFuf* dem ersten Gliede *vür* und *ACDcf vnd vur den (vor dẽ)* dem zweiten Gliede vorsetzt, erhellt als ursprünglich die echt Konradische Wendung: *vür balsem unde vür den bisem*. Der Welt Lohn 232 schreibt Roth: *daz si* (scil. *diu Werlt*) *vor mir verbannen und al der kristenheite si*! Ich glaube, man würde hier auch dem Sinne gerechter, wenn man *al* in *ab* verwandelte. Denn *vor* passt wol für die Person des redenden Dichters, der sich 'Frau Welt' vor Augen denkt, aber nicht in gleichem Masse für die Christenheit überhaupt. Turn. 1054 lese ich: *mit sîner starken | sô gar hêrlichen mannes kraft. sô gar* fehlt in der Handschrift. Bartschs Herstellung *und hêrlichen mannes kraft* verstösst zugleich gegen unsere frühere Beobachtung, nach der das zweite Adjektiv hier des Pronomens nicht entraten könnte.

Engelh. 5278 ff. schreibt Haupt: *vil wênic ez im tohte swaz man im dinges brâhte, wan er ze vil gedâhte an wîp und guot, liut unde lant*. Der Druck hat *an Leut vnd Land*. Es wird hier ausgeführt, wie Dieterich in seiner Krankheit nichts versagt ist, was Wolhabenheit zu bieten vermag, wie er aber gleichwol nicht Freude finden kann oder, um die Worte des Dichters anzuführen, wie *im gemach noch ander guot gehelfen niht enmohte*. Es kann also unmöglich fortgefahren werden, weil er *guot* entbehrte. Dieses Wort ist daher, nicht aber *an*, wie Haupt tut, zu streichen und zu lesen: *wan er ze vil gedâhte | an wîp, an liute unde an lant*. Ueber den bei Konrad durchaus gestatteten Hiatus s. zu Engelh. S. 239 f.[1] Richtig steht 6444 *liute guot wîp unde lant*, und auch 5383. 5453. 5791 ist die Erwähnung von *guot* am Platze. Für die Neigung des Ueberarbeiters aber, ohne die geringste Rücksicht auf den Zusammenhang ihm anklingende phrasenhafte Verbindungen einzuschmuggeln, gibt die Lesart zu 5581 ein charakteristisches Beispiel.

Für Trojan. 10011 gibt uns die vorher besprochene Ueberlieferung zur goldenen Schmiede 193. einen Fingerzeig. Ich setze hiernach für: *durch die bluomen und den clê* die Konradische Wendung: *durch bluomen unde durch den clê*. Trojan. 2646 *ir kraft diu brichet unde wigt vür alle witz und allez guot* und Trojan. 20774 *daz er si kunde minnen für allez guot und allen hort* zeichnen sich dadurch aus, dass in beiden Verbindungen das Bestimmungswort des ersten Substantivs gleich dem des zweiten ist. Möglich also, dass der Uebereinstimmung der Bestimmungswörter die Congruenz der Präpositionen zu Opfer gefallen ist. Es darf aber auch in Erwägung genommen werden, ob hier nicht statt *und* beidemal *vür* zu setzen ist. Konrad zieht öfter bei zwei und mehr aufeinanderfolgenden Gliedern den Schmuck der Anapher der Verbindung durch *und* vor. Der Engelhard bietet hierfür folgende Belege: *ir einic sin, ir einic leben wart in zwein alsô gegeben*[2] 983. *sîn junger lip, sîn werdez leben was*

---

[1] Der Hiatus lässt sich auch vermeiden, indem man echt Konradisch dem letzten Gliede das Pronomen gibt und schreibt: *und an sîn lant*.

[2] Hiernach ist vermutlich auch die verderbte Stelle 1065 zu lesen: *ir zweier muot, ir zweier sin weiz got die wâren under in gelich än allez underbint*. Der Druck hat *rnd ir sin* und Haupt ändert *und ouch ir sin*. Vgl. Gottfrieds von Strassburg Tristan 13014 *ir beider sin, ir beider muot, daz was allez ein unt ein*.

niender wandelmælec 252. *ir zene blanc, ir mündel rôt sach man glesten under ein* 2992. *dir sol hie werden undertân mîn lip, mîn guot, mîn êre* 4332, wo der Druck vor dem letzten Gliede *und* einschiebt. Auch 3136 *daz süeze wîp, der werde man dûhten sich gar sælec* sei hier mit aufgeführt. Gerade die präpositionelle Anapher dieser Art ist bei Konrad nicht belegt, wol nur zufällig. Wenigstens ist mir selbst aus Hartmann ein Beispiel solches Asyndetons gegenwärtig: *dâ vâhten mit grimme, mit griulicher stimme wisente und ûrrinder* Iwein 409. Auch Trojan. 24604 *daz der künic wart bereit ûf den willen und den muot* wäre geholfen, wenn man *und* in *ûf* verwandeln dürfte.[1]

Es blieben hiernach nur noch folgende Ausnahmen: *dem bevalch sîn muoter in | durch die sælde und den gewin* Silv. 117. *er leit ouch spot vil manicvalt | durch die vuoge und den gelimph* Silv. 4450. *die bâre si dô truogen sâ selbe zuo dem münster hin | durch daz heil und den gewin* Alexius 1304. *zwei tûsent ritter kâmen gezogen ûf den sâmen | durch hovieren und gewin* Engelh. 2667. *sich muoste ouch bergen unde steln Hercules in wîbes wât | dur die vil angestbæren tât | und die mortlichen lûne, daz sîn stiefmuoter Jûne in wolte hân ersterbet* Trojan. 14470. Sehen wir von dem letzten Fall ab, so beschränken sich sämtliche Ausnahmen auf solche Verbindungen, in denen das zweite Substantiv das Präfix ge- hat, und die Präposition hergestellt werden könnte, indem man dieses Präfix aufgibt. Ich komme hierauf noch einmal zurück und gehe daher nun zu den widersprechenden Fällen des Partonopier über.

Bartsch schreibt: 2188 *die schœne kemenâte was von der liehten sunnen und al dem glanze erbrunnen, der von gesteine lac dar an. al* ändert er aus dem handschriftlichen *ob.* Aber hier liegt doch näher an *ab* zu denken, besonders da die Handschrift auch 2281 *ob* für *ab* schreibt. Ich lese demnach: *von der liehten sunnen und ab dem glanze erbrunnen.* Dass

---

[1] Dass derselbe Fehler mehrfach wiederkehren würde, ist nicht verwunderlich. Wir haben auch sonst schon Gelegenheit gehabt, die Consequenz der Schreiber zu beobachten, wo es gilt, poetische Rede zur gewöhnlichen Prosa zu verflachen.

auch Konrad *ab* causal gebraucht, mag Trojan. 23637 belegen: *si flizzen sich in alle wîs, daz der vil hübsche Parîs würd ab ir kunft beswæret.* Der Wechsel aber zwischen synonymen Präpositionen ist bei ihm beliebt. Aus dem Trojanerkrieg lässt sich auch gerade für den einschlägigen Fall ein Beispiel anführen: *daz von den schiffen allen schôz und ab den wîten kielen* 25456. Weitere Beispiele mögen aus Engelhard folgen: *got liez in beiden werden sêle und lîp behalten durch ir manicvalten triuwe und umbe ir stæten art* 6462. *mich læse von der miselsuht und ûz der grôzen plâge mîn* 5510. *sus wart er ûz den leiden und von dem armen siechtagen erlœset* 6348. *und kâmen in die stat zehant und ûf den schœnen palas* 638. *sîn herze in ungemüete swal unde ûf bitterlichen haz* 3564. *ze hove und ûf dem lande* 3629. Besonders gern wechselt *sunder* und *âne: ich hân gedienet offenbâr sunder lôn und âne danc* 2196. *daz liez si dô belîben sunder haz und âne zorn* 4574. *Sælde bôt im liebes wal sunder mâze und âne zal* 5129. *ê wolte ich in der helle baden sunder ende und âne zil* 6050. — Auch 3398 *diu ist worden sigehaft mit strîte an mir und mînen man* ist dem Herausgeber zuzuschieben. Denn erst wegen des Verses 3398, der eigene Ergänzung ist, ist Bartsch gezwungen, das überlieferte *und mit* 3399 in *an mir und* zu ändern. Doch wird das unsinnige *mit* der Handschrift auf verlesenem *mir* beruhen, dadurch seine Stelle nach *und* bekommen, und der ursprüngliche Vers also gelautet haben: *mit strîte mir und mînen man.* Man braucht dann für Bartschs *sigehaft* nur ein Wort wie *schadehaft* einzusetzen. 16892 erweist sich die Ueberlieferung aus metrischen Gründen als falsch. Doch setze ich nicht mit Bartsch: *durch liep noch leide noch durch hort* für *d. l. lait n. d. h.*, sondern *durch liep, durch leide noch durch hort.* 11085 sucht Bartsch dadurch dem Hiatus aus dem Wege zu gehen, dass er schreibt: *und wuohs dar inne grôz genuht von korne und obez, unde fruht diu beste, der ie mensche enbeiz.* Die Handschrift hat *von korne obs vnd auch fruht.* Man wird nicht nur der Präpositionsregel gerecht, sondern vermeidet auch, eine so stehende Verbindung wie *obez unde fruht* zu zerreissen, wenn man das *auch* der Handschrift vor *obez* rückt und liest: *und wuohs dar inne grôz genuht von korne, ouch obez unde fruht diu beste* etc. Vgl. Trojan. 25659. Parton. 12745. Der Neigung des Schreibers zu Wortversetzungen wurde bereits oben gedacht.

In einigen Fällen aber muss man der Regel zu Liebe zu leichten Aenderungen schreiten, vor denen man sich bei diesem Gedicht in Anbetracht seiner Ueberlieferung gewiss nicht zu scheuen braucht. 2734 lese ich: *er dâhte an lant, an êre, an guot, | an friunde und an sîn edelkeit* statt *an lant, êr unde guot*. 5630 *durch den grôzen ungewin und durch die starke missetât* statt *und die vil starke*. Dasselbe Wort streiche ich 14001 und schreibe: *durch sîne tugende rîchen art und durch die grôzen schœne sîn* statt *und die vil grôzen*. 16486 schreibe ich: *durch diz mære und durch diu wort* statt *und disiu wort*. 10630 aber *diu neben dem vil starken und dem vil grôzen kiele swebet* ist ebenso anzuerkennen, wie die Fälle mit *zwischen* 4032. 4562. 18980. 19018 etc. (vgl. S. 62). Dürfte man endlich 110: *sô kêre doch herz und vernunst ûf edele dœne und edeliu wort* und 16268: *doch warf er under wîlen sich wider umbe engegen in durch den willen und den sin* für *und* die Präposition des ersten Gliedes setzen (s. S. 64 f.), so handelte es sich nunmehr nur noch um folgende Fälle: 1570 *durch disiu dinc und die getât wart diu schœne zornic niht*. 3264 *mit den sô reit der küene man ûf die vinde und ir gesez*. 4286 schreibt Bartsch: *er kan sô ritterlîchen zern sîn guot, daz maneger suochet in. durch die gâbe und den gewin, dâ mite er gnuoge rîchet, kein Franzeis im gelîchet: sô keiserlich ist al sîn dinc*.[1] Die Handschrift hat *und durch den gew*. 4446 *alsô begunde wir mit her strîchen her in disen kreiz ûf den wân und den geheiz, daz wir ein kint hie fünden*. 8892 *her Salomôn den schaden kôs durch diu wîp und ir gebot*. 8956 *ich liez in einer missetât genœdeclîchen komen hin ûf den trôst und den gewin, daz er dekeine tæte mê*. 19852 *der junge wol gelêrte dem künege*

---

[1] Ich gebe die ganze Stelle, weil ich auch Bartschs Interpunktion für falsch halte. Ich mache nach *suochet in* kein Zeichen und setze nach *rîchet* einen Punkt.

tet vil manegen wanc, durch den sin und den gedanc, daz er im entrünne sâ.

Auch allen diesen Ausnahmen ist gemein, dass das zweite Substantiv mit dem Präfix *ge-* versehen ist, und auch bei ihnen liesse sich die Einsetzung der Präposition, die in einem Falle wirklich überliefert ist, ermöglichen, indem man dieses Präfix streicht. Haupt zu Erec 1969 hat nachgewiesen, dass auch bei oberdeutschen Dichtern der Gebrauch der gekürzten Formen verbreitet ist, obwol die Schreiber mittelhochdeutscher Gedichte sie allgemein meiden. Für Konrad nun bringt er keine Beispiele bei.

Aber soll es Zufall sein, dass die so reich bestätigte Regel fast ausschliesslich solche Ausnahmen aufweist, die durch Anerkennung der präfixlosen Formen beseitigt wären? Und ist auch das Zufall, dass auf die verwahrloste Ueberlieferung des Partonopier wiederum gerade der Hauptteil, nämlich zwei Drittel, dieser Ausnahmen kommen? Zeigen doch Lesarten wie u. a. die zu Parton. 6268. 8799. 10403. 11601. 11973. 13246. 15794. 15815, wie der Schreiber dieses Gedichts auch zu der Willkür neigt, eigenmächtig das *ge-* zuzugeben. Unter den Worten aber, die Haupt zu Erec 1969 erweist, befinden sich gerade solche, die auch uns hier angehen: *danc, bot, heiz. tât* wird durch Trojan. 14472 belegt neben dem überaus häufigen *getât*, vgl. Pantal. 65. 877. Silv. 77. 509. Engelh. 2024. 6313. Trojan. 16013. 17004. 18531. 18660. 21707. 23325 u. ö. Ich glaube demnach, dass es einer erneuten und eingehenderen Prüfung bedarf, um zu entscheiden, ob und wie weit Konrad verkürzte Formen verwendet.[1] Es sei noch auf einen Fall wie Parton. 1690 hingewiesen, wo Bartsch, wie mir scheint, richtig schreibt: *durch sîner fröuden lingen wart der minnesieche balt.* Das handschriftliche *gelingen* liesse sich allerdings auch hier halten, aber doch nur, indem man zum Nachteile des Sinnes den Gen. Plur. *fröuden* in den Singularis verwandelte. Mag nun

---

[1] Ich werde Gelegenheit haben diese Untersuchung bald nachzuholen, da mir eine Ausgabe der kleineren Dichtungen Konrads nach Vorarbeiten von Karl Müllenhoff übertragen ist.

auch die Frage, wie die Ausnahmen zu beurteilen sind, offen bleiben, so wird es doch immerhin gestattet sein, das Resultat unserer Betrachtung zu dem Satz zu erweitern: die Präposition in mehrgliedrigen Verbindungen von Substantiven gemeinschaftlich zu setzen, ist gegen die Gewohnheit Konrads.

In Betreff der **adverbialen Bestimmung** dürfen wir uns kurz fassen. Ich beschränke mich in den Beispielen, so weit es angeht, auf Engelhard. Als Fälle der Wiederholung sind zu nennen: *sô guoten noch sô werden friunt* 6186. *vil hôhen und vil wîsen rât* 5925. *der vil zarten und der vil lobes reinen* 896. — *vil schône und ouch vil rehte* 634. 1023. *vil ebene und vil gelîche* 2699. *vil sêre und vil starke* 5631. *vil kleine und vil selden* 6069. *als übeler noch sô guoter* 1820. *alsô frech und alsô frisch* 2408. *iht süezer unde iht reiner* 1176. *swie vaste und swie nâhe* 5966. Fälle der Steigerung: *ein kleinez weter .. unde ein vil gefüeger slac* 4082. *ein grôziu tugent und ein vil grôziu diemuot* 1456. *ir süeze minnerœte und ir vil guote gebœrde* 2206. *din lip der ûz erkorne und din vil tugentrîcher muot* 3380. *ein senftiu klage unde ein harte lihtiu nôt* 6158. — *schôn und gar wol* 6411. *wênic oder selten iht* 1693. *frœlichen unde wol gemuot* 2563. *ich wære vil ze unehtec und dar zuo vil gar ze kranc* 3736. *sô schône und alsô rehte* 935. 1257. *sô vaste und alsô sêre* 1499. 1666. *sô vaste und alsô verre* 3812. 6115. *sô balde und alsô dicke* 1991. *sô lanc und alsô wît* 4663. *sô verborgen und alsô heimelîchen* 6034. *sô getriuwe und alsô tugentveste* 5644. *sô gesellec und alsô gar gevellec* 797. *sô bitter noch sô rehte sûr* 5402. *sô liep und alsô rehte zart* 1286. *sô schône und alsô rehte wol* 3973. Hiernach ist auch Parton. 9033 zu lesen: *sô schœne und alsô rehte vier*, wo die Handschrift *so schön und also reiche vier* überliefert, und Bartsch gegen Konrads Art *sô schœne rîche und alsô vier* ändert.

Sucht Konrad also auch in Betreff der adverbialen Bestimmung eine Kunst in Congruenz und Steigerung, so widerstrebt es ihm doch hier weniger, das erste Glied nur zu beschweren. Wir lesen im Engelhard: *ir ros vil edel unde guot* 2598. *vil sêre und innecliche* 6421. *vil heimelîche und tougen* 6251. *diu vil zarten | und diu schœnen kindelin* 6230. Im letzteren Falle würde die Einsetzung von *vil* den Auftakt herstellen. Im Trojanerkrieg ist das erste Glied mit *vil* beschwert: 1099. 1162. 7660. 11594. 11818. 12502. 14054. 14472. 15723. 16535. 18287. 19455. 21267. 21601. 22203. 26208. 26414. 26574. 28226. 28793. 29202. 29327. 31269. Mit *gar*: 468. 6697. 6738. 9922. 10807. 11991. 13665. 17046. 22321. 22785. 24052. 29723. 32239. Mit *sô gar*: 7732. Das erste mit *vil wol*, das zweite mit *sêre*: 5520; das erste mit *sô gar*, das zweite mit *sô*: 1745; das erste mit *alsô*, das zweite mit *sô*: 1616. 5787. 13912 etc.

Für die parallel gebauten Satzgefüge endlich mag es genügen, die Beispiele der Steigerung dem Engelhard zu entnehmen: *von triuwe leit verswindet und alliu sorge erwindet* 53. *si wâren triuwen gar ein rigel, ein vestez sloz der stæte* 474. *der âventiure lâgende, vorschende unde frâgende der endelîchen mære* 1273. *er kunde jâmer stellen und inneclîcher riuwe pflegen* 1394. *mîn leben wolte er sêren und mîner frouwen rîchez lop verhouwen* 3782. *sô daz mîn frouwe ir êre beschirme und ich mîn schuldec leben* 4462. *durch daz si lop behielten und liehten prîs dâ fünden* 4800. *mit hazze koufte er ungelimpf und schaden grôz mit nîde* 4966. *der triuwe sich versinnet und hôhe wârheit minnet* 5445. *si fuorten ungefüegiu sper und riten ros vil ûz erkorn* 4762. *freuden blôz bin ich beliben und hôher sorgen rîche* 4374. *diz dinc er vor den liuten barc und niht vor dem getriuwen gote* 6238. *daz er wirt gereinet von schanden ûf der erden und er ze himele werden ûz erwelten lop bejaget* 6486. *sîn herze was der êren schrîn und hôher tugende ein klûse* 2500. *er was der êren querder und lobes gar ein angel* 1656. *nû wart sîn name wilde und fremde gar sîn heimuot* 4594. *er diuhte sicher si ze swach und lîhte gar ze nider* 1954. *nâch senelîcher arebeit sîn herze was gebildet und gar und gar verwildet in der Sorgen forste* 1938. *si klagete sînen smerzen, si weinte in gar von grunde* 2258. *si neit den knaben über lût und minnete in vil tougen* 1870. *dô diente er sînem herren wol .. sô diente er im nû verre baz* 1637. *iuwer edelkeit hât ir geswachet sêre und an mir iuwer êre gevelschet alze sturke*

3838. *für Dieterichen wart erkant Engelhart ze Brâbant: sô wart ze Tenemarke ersehen ouch vil starke für Engelharten Dieterich* 4585. *daz ez mir an min êre gât und dir vil lihte an dînen lip* 2336. *der wîlen stuont geblüemet und schône was gesüemet* 23.

Der syntaktische Parallelismus, der uns in der Klage der Kunst aufgefallen war, erweist sich also bei Konrad als ein beherrschendes Prinzip seines Stils. Ja es liess sich in dieser Beziehung bei ihm eine Gesetzmässigkeit beobachten, die ähnlich wie seine Metrik bis zu einem textkritischen Massstabe führt.

Nachdem somit auch die Aufgabe erledigt ist, die Uebereinstimmung des Stilcharakters mit Konrads Art zu zeigen, mögen aus seinen Werken als letztes Beweismoment seiner Autorschaft einige **einzelnen Parallelen** folgen, die unter den bisher behandelten Punkten noch keinen Platz fanden.

1, 1 *Frou Wildekeit .. mich fuorte .. an ir zoume*, vgl. Engelh. 5502 *mich vuorte an sînen zöumen Unheil unmâzen starke*. Trojan. 14072 *ein wunderlichiu sache mich füeret an ir zoume* und Trojan. 1050 *Vênus, diu mit ir zoume die minne kêret swar si wil.*

1, 3 *dâ sach ich bluomen manicvalt, mêr danne zeinem soume*, vgl. ausser den zu Engelh. 6029 beigebrachten Parallelen noch: Parton. 11272 *erwelter bluomen durch daz gras sach man dâ dringen manegen soum*. 4060 *der hete frühte an sich genomen vil manegen wunniclichen soum*. Pantal. 1981 *under einen boum der einen wünneclichen soum von loube in sîner zîte bar.*

2, 3 *daz velt was .. gezieret und gesüemet*. Ueber *gesüemet* als Synonym zu *gezieret* vgl. Haupt zu Engelh. 24 und Parton. 14474 *dô wart daz velt gesüemet* (ebenfalls wie auch im Engelhard im Reime auf *geblüemet*).

2, 7 *der meie het dâ wol sîn gras gerœset und geblüemet*, vgl. Trojan. 36884 *alsam der liehte meie kan blüemen daz gevilde wît.*

7, 1 *Frou Wârheit mich niht liegen lât*, vgl. Trojan. 5074 *diu wârheit mich niht liegen lât.*

7, 4 *die wâren alsô rîche* .., *in allem künicrîche daz nieman alsô guotez hât, daz disen zwein geliche,* vgl. der Endiam und Üztrieht erfüere und aller künige lant, ein richerz *(gestüele) würde niht erkant noch beschouwet drinne* Trojan. 17614. *si brâhten im daz beste kleit, daz künic oder keiser ie getruoc ûf ertrîche hie* Parton. 17154. *und sprâchen algelîche, daz alliu künicrîche nie gewunnen einen helt sô kürlich und als ûz erwelt* Trojan. 10167.

8, 4 *luogen,* s. zu Engelh. 932, wo hinzuzufügen ist: Parton. 13257. 13493. 13582. 13641. 16432. *an geluogen* 7904. 11249.

8, 7 *vant geschriben ûf ein zil,* vgl. Trojan. 36853 *und ûf ein zil geschriben.* Parton. 8985 *die wârheit reden ûf ein zil.*

10, 4 *nâch wunsche wol gezieret.* Derselbe Ausdruck steht Parton. 13849. 14175. Ein ähnlicher: Parton. 7000 *gezieret nâch dem wunsche baz.* Trojan. 3889 *gezieret nâch dem wunsche gar.* Alexius 900 *nâch dem wunsche zieren.*

11, 3 *genuht,* bereits mhd. Wörterb. 2¹, 355 als ein Lieblingswort Konrads nachgewiesen.

14, 1 *an fröuden dürre,* vgl. Trojan. 1376 *an hôher wunne dorren.* Engelh. 101 *an êren dürre.* Lieder 31, 14 *an êren dorren.*

16, 4 *ze hove und in dem schalle,* vgl. *hoveschal* Trojan. 1321. 5334. 7994. 8584. 8936. Engelh. 5003. *hovelîcher schal* Turnei 244. Trojan. 23314. *hovelîchez schallen* Trojan. 15307.

22, 7 *diu mir sô gar der Sælden tür beslozzen hât aleine,* vgl. Engelh. 128 *und wirt gedrungen ûz der tür frou Triuwe an manegen enden.*

24, 8 *wan si niht hât von erze.* Gegenüberstellung von edlen und unedlen Metallen findet sich bei Konrad noch: gold. Schm. 430 *daz silber ûz dem erze dranc bî dir.* Engelh. 3704 *ir habet mir gegen golde kupfer unde blî gewegen.* Trojan. 2398 *jô machet kupfer unde blî, daz golt den liuten ist sô wert.* Parton. 17554 *swaz guldîn an dir glîzet, daz ist ein blîes bouge.* Parton. 1856 *für kupher liehtez golt.* Lieder 32, 227 *von kupfer scheidet man daz golt.*

25, 2 *und spulget si des meiles,* vgl. *si spulget einer missetât* Trojan. 2250. *spulgen* gebraucht Konrad noch: Trojan.

27602. 28289. Parton. 9066. Pantaleon 985. Lieder 15, 20. Vgl. auch Haupt zu Engelh. 277.

26, 5 *smæhiu drô*. Derselbe Ausdruck Silv. 424.

29, 6 *blîde*, s. zu Engelh. 1967 f.

30, 1 *hie mite sî der rede genuoc*, vgl. Engelh. 6107 *hie mite was der rede genuoc*.

32, 2 *disiu mære . ., diu sint alsô gewære, daz*, vgl. der Welt Lohn 253 *diz endehafte mære; daz ist alsô gewære, daz*. Silv. 97 *diz göteliche mære; daz ist alsô gewære*.

Wir haben im Obigen auch einige weniger charakteristische Berührungen aufgeführt, weil es darauf ankam zu zeigen, wie sich der Dichter der Allegorie allgemein im Ausdruckskreise Konrads bewegt.

Der vierfache Reim im Eingang des Engelhard gibt auch zu einigen Reimvergleichungen Anlass:

2, 2 *üemet : gesüemet : gerüemet : geblüemet*, vgl. Engelh. 21 *rüemet : vertüemet : geblüemet : gesüemet*.

5, 2 *künne : versünne : wünne : günne*, vgl. Engelh. 69 *verbünne : günne : künne : wünne*.

9, 2 *missetæte : stæte : wæte : geræte*, vgl. Engelh. 5 *wæte : hæte : stæte : ræte*.

31, 2 *hiute : triute : liute : enbiute*, vgl. Engelh. 77 *triute : diute : hiute : liute*.

Unter den vier Reimworten stimmen also jedesmal drei überein.

III. CHRONOLOGISCHE EINREIHUNG.

Zum Schluss suchen wir der Klage der Kunst ihre Stelle innerhalb der Werke Konrads von Würzburg anzuweisen.

Es werden ganz besonders die Berührungen mit dem Engelhard aufgefallen sein. Sie bestanden nicht nur in einzelnen Uebereinstimmungen, sondern auch in der Gemeinschaftlichkeit der beiden Elemente, die die Einleitung unseres Gedichts ausmachen: in der Landschaft und in der Versinnbildlichung des Themas an dem äusseren Erscheinen des personifizierten Begriffs.

Die Landschaft nun erweist allein durch den Gerichtscharakter, den wir in ihr aufdeckten, ihre unzertrennbare Zusammengehörigkeit mit der Allegorie.[1] Dasselbe ergibt sich für das andere Element. Denn in der Klage der Kunst, wo die personifizierten Begriffe wirklich handelnd auftreten, musste der Dichter auch ihr äusseres Erscheinen vorführen, und daraus erwuchs ihm wie von selbst der Contrast, den er zwischen der Kunst und den übrigen Tugenden aufstellt. Uns liegen also hier gleichsam noch die Wege vor Augen, auf denen der Dichter zu seiner Erfindung kam. Im Engelhard aber, wo es sich nur um eine allgemeine Reflexion über die Treue handelt, ergab dem Dichter die Situation nichts. Er trägt hier vielmehr die Versinnbildlichung wie ein ihm bereits fest und fertig zu Gebote stehendes Mittel der Darstellung hinein. Dem entspricht auch die erweiterte Ausbildung der Erfindung. Während nämlich Konrad in der Klage der Kunst

---

[1] Die landschaftliche Einleitung ist überhaupt für diese Art von Gedichten typisch. Eine vergleichende Betrachtung dieser Allegorien, die auch die lateinischen und französischen Gedichte ins Auge fasste, wäre eine dankbare Aufgabe.

die körperliche Reduziertheit nur in allgemeinen Ausdrücken andeutet, geht er im Engelhard ins Detail: *ir varwe garwe siuberlich von swachen sachen trüebet sich* 9. *ir rœselehten wangen mit bleiche sint bevangen* 13.

Nach alledem darf so viel als gesichert angesehen werden, dass Konrad die Klage der Kunst vor seinem Engelhard verfasst hat. Vielleicht können wir aber noch einen Schritt weiter gehen und behaupten, dass er sie unmittelbar vor diesem Werk verfasst hat. Denn sowol die Häufigkeit der Reminiscenzen als ihr Auftreten an so hervorragender Stelle wie im Anfang des Gedichts scheinen darauf hinzudeuten, dass Konrad die Klage der Kunst noch frisch im Gedächtnis lag, als er an die Bearbeitung des neuen Werks, an den Engelhard, heranging.

IV. TEXT DER KLAGE DER KUNST.

1. Frou Wildekeit für einen walt
mich fuorte eins an ir zoume.
dâ sach ich bluomen manicvalt
mêr danne zeinem soume;
ouch vant ich einen brunnen kalt
dâ under grüenem boume,
der eine mülen mit gewalt
wol tribe an sînem stroume.

2. Der brunne lûter als ein glas
stuont wol mit grüenem üemet,
daz velt dar umbe schône was
gezieret und gesüemet.
von einem plâne ich nie gelas
der wære baz gerüemet:
der meie het dâ wol sîn gras
gerœset und geblüemet.

3. Dar obe stuont ein schatehuot
gewünschet wol nâch prîse.
man sach dâ lachen wîze bluot
ûf dem grüenen rîse
(des man ze winter niht entuot
bî dem vil kalten îse);
dâ sâzen vogel ûfe guot
und sungen süeze wîse.

1, 2 eins *fehlt.* irme. 4 mere dann zu einom. 6 dâ *fehlt.* einem grunen. 2, 2 omet. 4 gesomet. 6 geromet. 8 geblomet. 3, 1 ob stunde. 4 vffe.

4. Nû hœret wie mir dô geschach
bî disem brunnen küele,
des vil wünneclicher bach
wol kerne hiute müele.
ob ime stuont ein schœnez dach,
dar under ein gestüele
gesetzet, daz man verre sach
dâ liuhten vor dem brüele.
5. Dar ûf ein werdiu frouwe saz
an leben unde an künne.
man seit daz si sich verre baz
dan alliu wîp versünne;
an ir lac zwâre, geloubet daz,
vil gar der werlde wünne,
si was ein reinez tugentvaz,
daz ir Got liebes günne!
6. Got selbe hœte si gesant
dâ her ûz himeltrône,
dar inne frœude wirt erkant
der tugende sîn ze lône.
ir namen ich geschriben vant
reht oben umbe ir krône:
Gerehtekeit was si genant,
daz las ich dâ vil schône.
7. Frou Wârheit mich niht liegen lât,
daz wizzet sicherlîche:
ir krône und ouch ir liohtiu wât
die wâren alsô rîche,
die wîle und disiu werlt gestât,
in allem künicrîche
daz nieman alsô guotez hât
daz disen zwein gelîche.
8. Ouch sâzen bî ir frouwen vil
die rîche krône truogen;
an den lac hôher wünne spil,
des ich begonde luogen.

4, 4 korne. 5 ober im. 6 dar under] vnder im. 5, 5 zwor.
6, 5 irn. 7, 6 allen. 8 die. 8, 1 in.

ir namen ich iu nennen wil,
wan ich si dâ mit fuogen
vant geschriben ûf ein zil
mit worten harte kluogen.
9. Dâ saz Erbarmeherzekeit
frî vor missetæte,
diu Triuwe was dâ wol bekleit
und ouch diu glanze Stæte.
ouch vant ich dâ Bescheidenheit
in wünneclicher wæte:
die viere wâren wol bereit,
vil guot was ir geræte.
10. Dâ saz frou Güete gallen frî,
der krône was gewieret,
Milte und Êre ich vant dâ bî
nâch wunsche wol gezieret.
an die vil werden frouwen drî
wart von mir vil gezwieret:
si bluoten als ein rôsenzwî
daz ûf der heide smieret.
11. Dâ saz frou Schame, diu reine fruht,
frî vor itewîze,
von der man seit daz ir genuht
für alle tugende glîze.
dâ saz frou Mâze und ouch frou Zuht,
diu lûter und diu wîze,
si hæte Kiusche an sich gedruht
mit herzeclichem flîze.
12. Dâ saz ân alle missetât
ouch bî der küniginne
Wârheit und ir vil hôher rât
und ouch gerehtiu Minne.
swaz edeler tugent namen hât,
daz was dâ mit gewinne:
unz an die Kunst, der was ir wât
zerbrochen ûze unt inne.

9, 2 freije. 4 gantze. 5 dâ *fehlt*. 7 warn. 10, 1 ver.
2 geuieret. 11, 5 ver. ver. 6 vnde wizze. 12, 8 vzzen.

[13. Ob si an fröuden sît genas,
daz kan ich lüzzel wizzen.
ein samît grüene alsam ein gras
vor 'alter gar zerrizzen
ir kleit dô bî den zîten was
sô sêre ir zeslizzen
daz liehte borten als ein glas
ûz ir vil schőne glizzen.]

14. An fröuden dürre alsam ein strô
was si von sender quâle:
Armuot si troffen hæte dô
mit ir vil scharpfem strâle.
hin für die küniginne unfrô
gienc si zuo dem mâle
und huop ir rede hin zir alsô
mit zühten sunder twâle.

15. 'Vil ûz erweltiu küniǵîn,
ich suoche an dir gerihte.
durch die vil hôhen êre dîn
mîn krumbez dinc verslihte;
lâ dir mîn leit geklaget sîn
und michel ungeschihte,
wie valschiu Milte wâret mîn:
daz bringet mich ze nihte.

16. Ich bin verdorben als ein mist,
sam bitter als ein galle,
vil ungenædec si mir ist
ze hove und in dem schalle.
si wil daz manic süezer list
in armekeit nû valle
und machet rîche in kurzer frist
die künstelôsen alle.

17. Swer kunst in sînem herzen hât,
den kan si wol versmâhen;
swer abe dâ âne fuoge stât,

14, 3 hetë. 4 irme scharpfen. 6 ginge. 8 sunde. 15, 2 dich.
16, 7 richer kurtzer.

dem wil si balde nâhen.
si kan durch valsche missetât
die gengen gâbe enpfâhen:
diu mich vil armen dicke lât
in grôzem kumber gâhen.
 18. Sus wîset mich in arebeit
diu valsche Milte sêre,
si machet mîne sorge breit
swar ich der lande kêre.
sît dû nû bist Gerehtekeit
genennet, frouwe hêre,
sô rihte dû diz herzeleit
durch aller frouwen êre.'
 19. Gerehtekeit diu sprach 'daz sî.
antwürte, valschiu Milte.
sît dir ist swære alsam ein blî
diu Kunst die ich niht schilte,
swaz ir von dir wont leides bî,
vil schiere ich dir daz gilte.'
Ûf stuont frou Milte fröuden frî,
der rede si beviltc.
 20. 'Ich bin unschuldec' sprach si 'gar,
des si mich, frouwe, zîhet.
des swer ich ûf dem alter dar
dâ Got ûf wart gewîhet.
vor Kunst ich guotes niht enspar:
swie kûme ez doch gedîhet,
mîn hant diu nimt ir guoten war,
si gibt ir unde lîhet.'
 21. 'Zewâre daz getet si nie'
sprach aber Kunst diu slehte,
'wan wîlent dô ir nâhen gie
mîn fröudenrîch gebrehte.
nû lât si mich versmæhen ie
herren, ritter, knehte:

 17, 7 armer. 18, 6 genenne. 7 riche. 19, 2 antwürt' hie.
21, 1 zwar frawe. 3 wilunt. 5 ie] die. 6 Hoh herren.

und obe ich daz beziuge hie,
geniuze ich des ze rehte?'
22. 'Jâ' sprâchen dô von hôher kür
die tugende algemeine.
'Frou Wârheit, nû sô gêt her für,
und ouch frou Stæte reine,
und helfet mir daz man hie spür
ir schulde niht ze kleine,
diu mir sô gar der Sælden tür
beslozzen hât aleine!'
23. Sus wart beziuget . . .

*

24. Swer ir tuot genge gâbe schîn,
dem fröuwet si sîn herze.
mit krâme füllet man ir schrîn,
des wirt vil kleine ir smerze;
si sitzet als ein keiserîn
behenket mit ir merze:
des wirt diu Kunst verdorben sîn,
wan si niht hât von erze.'
25. 'Jâ' sprach dô diu Gerehtekeit
'und spulget si des meiles
daz man ir heim durch miete treit
swaz man dâ vindet veiles:
sô frâge ich dich, Bescheidenheit,
waz dû dar umbe teiles.
wirt mir daz reht von dir geseit,
an sorgen dû mich heiles.'
26. 'Ich teile' sprach diu frouwe dô,
'swer künstelôser diete
guot umb êre gebe alsô
durch keiner slahte miete,
daz im dar umbe ir smæhe drô
diu werde Minne erbiete,

22, 3 ver. 4 ver. 23, 1 Sus wart beziuget *von mir ergänzt*.
24, 1 gegen. 3 krâme] gabe. 6 irm. 25, 1 vnd ja. dô *fehlt*. 2 si
des] dez die. 26, 3 vmbe.

sô daz er nimmer werde frô
swenn er sich frouwen niete.'
27. Sus wart geteilet bî der zît
von der Bescheidenheite.
ouch wart ir ot gevolget sît
vil schiere und vil gereite:
'der Milte schaden machen wît,
ir ungemach vil breite!'
sus riefens alle wider strît
zuo der Gerehtekeite.
28. 'Sît si nû niht ze rehte wil
ir hôhez ambet üeben,
sô müeze kumbers harte vil
ir dienestman betrüeben.
vil maneger hande wünnespil
wir in dar umbe erhüeben:
sus muoz leide ân endes zil
in volgen in ir grüeben.
29. Frou Schame ir selber des gesteme
daz si in gar vermîde,
sô daz er schanden sich niht scheme
und lasters sî geschîde.
Frou Êre im hôhen prîs beneme,
diu lûter und diu blîde,
und allez lop daz im gezeme
von fluoche er immer lîde.'
30. 'Hie mite sî der rede genuoc'
sprach dô diu rihtærinne.
'gespilen hövesch unde kluoc,
swer rehte kunst niht minne
und doch hie milten namen truoc,
den lât mit ungewinne
hie leben durch den ungefuoc
den er hât an dem sinne.
31. Ir habet stæte waz hie sî
vor mir geteilet hiute:

27, 5 schanden. 28, 8 *das zweite* in *fehlt.* 29, 1 Scham mir. 30, 1 mit. 3 hubsche.

er sî iu swære alsam ein blî,
swer rehte kunst niht triute,
minne und aller fröuden. frî;
iu fremden hie die liute!
bî Kuonzen der uns stêt hie bî,
die rede ich in enbiute.'
   32. Sus kêrte ich hin ûf mînen pfat
und seite disiu mære
diu mich dô ûf der selben stat
der edelen Künste swære
den rîchen herren künden bat.
diu sint alsô gewære
daz in diu Sælde sprichet mat
swem Kunst ist wandelbære.

31, 5 minn' vnde. 6 im. 32, 3 michs.

V. ANMERKUNGEN ZUM TEXT.

1, 1 *Frou Wildekeit* ist, wie bereits Docen annimmt, die Aventüre. Wenigstens versieht Konrad mit Vorliebe diese mit dem Attribut *wilde*, so Trojan. 283. 4833. 5289. 6687. Engelh. 205. Schwanr. 1352.

1, 2 Haupts Aenderung *an eine zoume* liegt sehr nahe, schiebt aber, wie mir scheint, dem Dichter eine fast kindische Vorstellung zu. Wir haben hier die bekannte reflexivische Umschreibung, und das Pronomen wird auch durch die S. 71 schon angeführten Parallelen aus Engelh. 5502. Trojan. 1050. 14072 gestützt.

1, 6 *dâ* lässt nicht nur den Auftakt gewinnen, sondern entspricht auch der behaglichen Darstellungsart und dem nach Gleichmässigkeit strebenden Stile Konrads. Wegen *einem* s. zu Engelh. 444.

4, 6 S. zu Engelh. 444.

6, 4 Dass *sin* als Infinitiv zu nehmen ist, bemerkt schon Docen Mus. 1, 65.

7, 2 V. d. Hagen Minnes. 3, 334 ändert sämtliche Reime in *-ichen*, um V. 6 *in allen* und V. 8 *die* beibehalten zu können. Doch *die* V. 8 setzt *alsô guote* voraus, oder man müsste zu *alsô guotez* einen gen. plur. aus dem Sinne ergänzen. Grammatisch aber entspricht dem *alsô guotez* die Form *daz*. Doch ganz bedenklich scheint der schwach flektierte Plural des prädicativen Adjektivs V. 4 *die wâren alsô richen*. Es scheint mir überhaupt sehr zweifelhaft, ob man schwache Flexion des prädicativen Adjektivs für mhd. Zeit annehmen darf. Denn sowol die Beispiele, die J. Grimm[1] Gramm. 4, 579 als auch die, die Weinhold[2] mhd. gr. § 522 (2. Aufl.) hierfür beibringt, weisen nur Formen auf *-e*,

---

[1] S. 935 nimmt Grimm das part. prät. Ms. 1, 9ᵇ (v. d. Hagen 1, 19ᵃ) im Anschluss an Lachmann zu Nibel. 2227, 2 nachträglich als Adverbium. Doch kehrt er S. 936 bereits, diese Auffassung mit Recht bekämpfend, zu seiner alten Ansicht zurück.

[2] Uebrigens erweisen sich von den sechs Belegen Weinholds fünf als nicht stichhaltig. Zweimal haben wir es mit schwach flektiertem Substantiv zu tun; a. Heinr. 428 *hie vor was ich dîn herre und bin dîn dürftige nû* und Rabenschl. 53, 1 *Dâ müezen werden siechen und bluotigiu vell*. Einmal mit einem Adverb: denn Elisab. 9383 *Der heilige lichame inwas nit grûwesame an zu sehen eislich ist nit grûwesame*

nicht aber auch solche auf -*en* auf. Es bleibt demnach zu untersuchen, ob das -*e* in diesen Fällen nicht gerade so zu beurteilen ist, wie das gleichfalls schon früh auftretende epenthetische der Substantiva und andrer Worte, vgl. Weinhold m.hd. gr.² § 85. 448. 452. 454. 483.

7, 6 Ein ähnliches Herausheben des adverbialen Teils aus dem abhängigen Satze weiss ich für Konrad nur noch aus Alexius zu belegen: *diu mære gar unsægelich sint | daz dû dich vor uns hæle, | und in der næte quæle | daz dich dîn eigen horeschar | hie bræhte zuo ir spotte gar* 1156. Ungemein häufig wird das Subjekt vorausgenommen: Vor *dô*: Pantal. 2073. Silv. 842. goldn. Schm. 506. 850. Der Welt Lohn 234. Trojan. 19758. 31540. Parton. 4515. 6072. 15304. 15886. 18058. 18525. Vor *als*: Pantal. 1965. Otto 69. Schwanr. 64. Trojan. 5255. 18341. 18645. Parton. 365. 444. 885. 6001. 7909. 10151. 10845. 11788. 13825. Vor *und als*: Trojan. 10312. Parton. 17020. 20584. Vor *nû*: Trojan. 18965. 19358. 26452. 26940. 27532. Parton. 15326. Vor *nû daz*: Engelh. 1267. Pantal. 1323. Trojan. 4002. 4811. 9536. 9759. 11510. 17986. 23095. 25267. 33197. 37978. Parton. 2306. 9247. 10492. 12576. 17611. 20432. Vor *sô*: Parton. 9052. Vor *daz*: Trojan. 23662. Vor *wie*: Trojan. 7614. Vor *swie*: gold. Schm. 736. Parton. 150. Vor *swâ*: Engelh. 1736. Vor *swaz*: Trojan. 206. 13082. Durch das folgende Relativ attrahiert ist das vorausgenommene Subjekt Parton. 150: *den selben list, den ich dâ kan, swie kranc der si, sô wil ich doch in üeben flîzeclîchen noch*. Das Objekt ist vorausgenommen Lieder 18, 17: *ein edelkeit von tugenden unde ein edelkeit von künne, swer die bî einander treit.., der hât aller êren houbetwünne*. Vgl. auch Hahn zu Otto 69. 70.

8, 4 Ueber die Form *begonde* s. Bartsch zu Parton. 328.

9, 1 Die Form *erbarmeherzekeit* schreibt Konrad auch Pantaleon 293. 2037.

9, 4 *ganze* haben wir zwar als beliebtes steigerndes Beiwort gerade in Verbindungen moralischer Begriffe kennen gelernt (s. S. 47). Gleichwol ist die Aenderung notwendig, da es als persönliches Attribut ungehörig erscheint. Vgl. übrigens Lieder 20, 20 *triuwe in glanzer stæte*.

11, 6 *diu* ist durch *diu lûter und diu blîde* 29, 6 gesichert.

14, 4 Ich habe in diesem Verse den fehlenden Auftakt ersetzt, weil sich die Vermutung aufdrängt, dass der Schreiber hier gerade so wie 1, 2 der Form *irme* zu Liebe ein Wort ausgelassen hat.

15, 2 Die Handschrift hat *an dich* und nicht *an dir* wie Docen liest. Gleichwol habe ich den Dativ nach der entsprechenden Stelle Schwanr. 69 gesetzt, vgl. auch Haupts Beobachtung zu Engelh. 692.

---

zu *an zu sehen* zu beziehen, wenn auch der Herausgeber ein Komma hinter *grûwesame* setzt. Martina 163, 51 aber *Dû bist gar an êren lame: schame* kann nicht als beweiskräftig gelten. Auch nicht das Beispiel aus Schreibers Freiburger Urkundenbuch 1, 435 *der (brief) sol tode vnd vnkreftig sin*, da es einer Urkunde vom Jahre 1355 entstammt.

V. ANMERKUNGEN ZUM TEXT.

18, 7 Haupt ändert zu Engelh. 545 die falsche Form *riche* in *rich et*. Für meine Besserung *rihte* spricht Schwanr. 306: *só rihtet mir diz herzeleit*, derselbe Ausdruck steht Kaiserchron. D. 182, 18 (V. 5943 in Edw. Schröders bevorstehender Ausgabe).

19, 2 S. zu Engelh. 441.

20, 7 Vielleicht schreibt man besser *guote*, da sich *war* bei Konrad nur als Femininum nachweisen lässt.

21, 1 S. zu Engelh. 441.

21, 3 *wîlent : îlent* gold. Schm. 1599.

21, 5 Der Artikel in der dreigliedrigen Standeszusammenstellung widerspricht nicht nur Konrads, sondern auch der andern Dichter Brauche. Für Konrad führe ich an: *fürsten, grâven, dienestman* Engelh. 5085, vgl. Parton. 21745. *grâven, rrien, dienestman* Otto 33. *grâven, vrien, herzogen* der Welt Lohn 203. Das Abweichen von der üblichen Redeweise wäre hier um so auffallender, als dadurch en'ambemont nach dem Artikel entsteht.[1] Die Willkürlichkeit des Schreibers charakterisiert auch der Zusatz im folgenden Verse.

23, 1 Bei dieser Ergänzung, die ich zur Erleichterung des Zusammenhangs in den Text aufgenommen habe, erklärt sich das merkwürdige Zusammentreffen von Umstellung und Lücke sehr einfach. Das Auge des Schreibers glitt von dem *sus wart* der ausgefallenen Strophe auf das *sus wart* 27, 1, wodurch er die zwischenliegenden Strophen übersprang. Er suchte nun später seinen Fehler zu corrigieren, tat dies aber nur unvollkommen, statt der — sagen wir — fünf ausgelassenen Strophen trug er nur drei nach: und so entstand die gegenwärtige Lücke. Er schrieb die drei Strophen hinter Str. 22 an den Rand, so dass Str. 24—26 rechts neben 27—29 zu stehen kam; ein späterer Schreiber verfuhr mechanisch genug, die Randstrophen nicht vor Str. 27, sondern nach Str. 29 seiner Abschrift einzuverleiben: und so geschah die Umstellung.

24, 1 *geyengâbe* ist weder bei Konrad noch sonst für diese Zeit zu belegen und bringt einen unsinnigen Gedanken hinein. *genge gâbe* habe ich nach der entsprechenden Stelle 17, 6 geändert, wo übrigens v. d. Hagen derselbe Fehler unterläuft, den an unsrer Stelle der Schreiber macht.

24, 3 *gâbe* erklärt sich daraus, dass dieses Wort dem Schreiber noch aus Vers 1 im Sinne lag.

25, 1 Die Stelle ist gebessert nach Trojan. 5597: *'Jâ' sprach dô Priamus zehant 'und ist din vorhte alsô gewant.'*

25, 5 Docen 1, 62 Anm. 2 meint: 'Dass gerade der Bescheidenheit hier das Urteil überlassen wird, beruht auf dem hohen Wert, den die

---

[1] Für dieses enjambemont bietet Konrad nur folgende Belege: gold. Schm. 797. Trojan. 9103. 24264. 28008. 31550. Parton. 182. 1807. 2044. 7732. 13904. Silv. 2944. 3926. Engelh. 728.

V. ANMERKUNGEN ZUM TEXT.

damalige Ansicht der moralischen Natur dieser Tugend beilegte.' *bescheidenheit* ist auch ein juristischer Ausdruck für 'richterliche Entscheidung, Zuerkennung', und ich glaube, dass diese Bedeutung ihres Namens für ihre Rolle wenigstens mitbestimmend war, wie denn auch Wahrheit und Gerechtigkeit in der Allegorie der Bedeutung ihres Namens gemäss funktionieren.

27, 5 *schaden* passt besser in den Sinn als *schande* und wird auch durch Schwanr. 89 gestützt, wo ersteres Wort ebenfalls zu *ungemach* parallel steht vgl. auch Silv. 3155: *der machte minen schaden wil.*

27, 5 *machen* ist 1. Pers. Plur. Conj. Präs.

28, 6 *darumbe* 'im Falle sie ihr Amt pflichtgemäss ausübte'.

29, 1 S. Haupt zu Engelh. 441 f.

29, 4 *geschide* tritt zu den zahlreichen Worten, die Konrad nur einmal gebraucht.

30, 3 S. Haupt Engelh. S. 237.

31, 4 *kunst* wird hier und *minne* im folgenden Verse mittendrin appellativ gebraucht wie *triuwe* Engelh. 38, vgl. Haupt zu dieser Stelle.

VI. ANHANG.

Ich benutze die Gelegenheit, noch einige Verbesserungsvorschläge zum Engelhard zu machen:

3148 schreibt Haupt nach dem Druck: *in wart daz sælden paradis ûf entslozzen und getân.* Dieselbe oder eine ähnliche verbale Verbindung kommt noch dreimal bei Konrad vor, und jedesmal finden wir die adverbiale Bestimmung bei dem Verbum *tuon*:[1] Silv. 806 *dise tür werden niemer hinnan vür entslozzen mêr noch ûf getân.* Parton. 3491 *daz der stete porten wâren zallen orten beslozzen unde zuo getân.* Parton. 3498 *dâ von liez er der bürge tor tag unde naht verrunet stân, beslozzen unde zuo getân.*[2] Also ist *ûf* wol hier dem zweiten Verb zu geben und zu lesen: *in wart der sælden paradis entslozzen gar und ûf getân,* womit zugleich der Auftakt hergestellt ist.

3308 schreibt Haupt: *uns hât sicher troffen ein harte schedelich geschiht, sît daz doch unser freude niht moht einen halben tac gewern unde daz uns niht verbern daz ungelücke ensolte. ach daz uns hie wolte diu leide huote wæren!* Die Handschrift hat 3312 *Vnd ob das.* Haupts Aenderung bringt in eine Stelle, die der Bedeutung des Vorgangs entsprechend mit allen Mitteln poetischer Lebendigkeit ausgestattet ist, eine unerträgliche Mattigkeit des Ausdrucks. Ich setze nach *gewern* einen Punkt und fahre fort: *und obe danne uns niht verbern daz ungelücke ensolte: ach daz uns hie wolte diu leide huote wæren!* Auf diese Weise bekommen wir zwei Perioden, die

---

[1] So auch Herzog Ernst 3644: *diu burctor wâren zuo getân, mit rigelen beslozzen.*

[2] In der Handschrift steht *vil ruen* für *verrunet.* Bartsch setzt statt dessen *vil sêre* und bemerkt hierzu: 'ob man *sêre* oder *harte* schreibt, ist gleichgiltig.' Gewiss — denn beides passt gleich schlecht!

echt Konradisch in chiastischem Parallelismus zu einander
stehen. 1102 ist ähnlich der Nachsatz nach conditionalem
Vordersatz mit *wê daz* eingeleitet.

5221 schreibt Haupt: *dô bat er im mit triuwen stiften
unde biuwen ein hûs aleine etewâ, durch daz er inne möhte dâ
beliben sô gar eine.* Der Druck 5224 *D. d. er darinne m.
da* und 5225 *alleine*. Haupt hält seine Herstellung selbst für
besserungsfähig 1) wegen des Hiatus *aleine etewâ* und 2) wegen
der ungewöhnlichen Stellung *inne — dâ*. Dass für *hûs aleine*
zu lesen sei *hiuselîn*, war mir bereits als eine Vermutung von
Dr. August Fresenius bekannt. *aleine* ist erstens wegen des
Hiatus verdächtig, und dann folgt im Druck zwei Zeilen darauf
dasselbe Wort. Andrerseits finden wir das Wort *hûs* wol in
der Erzählung oder im Munde Andrer wie 5245. 5794. 5802.
Aber wo Dietrich selbst spricht 5649. 5777, gebraucht der
Dichter nur das Deminutiv *hiuselîn*. Und dies nicht ohne
Grund: denn gerade in der Bescheidenheit seiner Ansprüche
liegt ein sehr wirksames Moment der Situation. Sehen wir
uns nun die Ueberlieferung von 5224 an, so macht hier das
sinnlose *dâ* ganz den Eindruck, als sei es nur, um Reim
zu machen, hingesetzt. Es tritt damit in eine Reihe mit
den unsinnigen Reimworten 886. 978. 986. 1058. 1064.
1120 etc. Sie alle sind dadurch entstanden, dass der Ueber-
arbeiter das Reimwort der ersten Zeile änderte. An unsrer
Stelle aber ist das erste Reimwort auch deswegen verdächtig,
weil in dem Verse *ein hiuselîn etewâ* eine Senkung fehlen
würde; der Vers ist aber in Ordnung, sobald wir mit Um-
stellung *etewâ ein hiuselîn* schreiben. Eine Betrachtung nun
der beiden entsprechenden Stellen des Gedichts ergibt, dass
an unsrer ein Moment fehlt. Denn 5648 ff. sowol wie 5776 ff.
wird hervorgehoben, dass Dietrich für das ganze Leben ab-
geschlossen hat. 5650 *dâ lœzet er mich inne sîn die wîle daz
ich mac geleben.* 5778 *und lâz mich sîn dar inne biz an
mînen tôt.* In diesem Zusatz drückt sich erst die volle Ver-
zweiflung Dietrichs aus: und insofern liegt in ihm das Ent-
scheidende des Entschlusses. Hier aber, wo dieser Entschluss
sich das erste Mal ans Tageslicht ringt, möchten wir gewiss
nicht auf das deutliche Hervortreten eines so wichtigen Moments

verzichten. Man kann sich ganz nahe bei der Ueberlieferung halten, wenn man *beliben* in *bî libe* = 'bei Lebzeiten' verwandelt. Aber in Anbetracht der grossen Willkürlichkeit, mit der der Ueberarbeiter hier zu Werke geht, ziehe ich es vor, den letzten Vers in genauem Anschluss an 5651 zu bessern in: *die wîle er lebete, aleine*. Die ganze Stelle lautet hiernach: *dô bat er im mit triuwen stiften unde biuwen etewâ ein hiuselîn, durch daz er drinne möhte sîn, die wîle er lebete, aleine*.

5560 schreibt Haupt zuerst mit dem Druck: *daz îsen in der smitte sô sêre niht englüejet als vaste er wart gemüejet in der vil heizen sunnen gluot, dar inne brun sîn kiuscher muot alle zît und allen tac*. In der Anmerkung macht er in Ermangelung eines besseren Einfalls den Vorschlag: *in der vil heizen sühte gluot*. In dem vierten Bande seiner Zeitschrift aber S. 556 bessert er *von der sunnenheizen gluot*. Ich schlage mit ganz nahem Anschluss an die Ueberlieferung vor: *in der vil heizen sûren gluot*. *sûr* in übertragener Bedeutung ist ein Lieblingswort Konrads, das durch alle Werke, auch durch den Engelhard geht. Er verbindet es in dieser Bedeutung gern mit *bitter*, z. B. Engelh. 5402 *sô bitter noch sô rehte sûr enkunde niemer werden kein jâmer ûf der erden*. Die Verbindung *sûr unde heiz* in nicht übertragener Bedeutung kommt gold. Schm. 872 vor: *diu nezzel sûr ist unde heiz*.

5782 schreibt Haupt: *ê daz ich smâcheit unde spot dulde von den mînen, ê wil ich bî dir schînen die wîle daz ich nû gelebe*. Aus *schînen* vermag ich keinen Sinn herauszulesen, denn nicht 'glänzen', sondern das Gegenteil erwartet man an dieser Stelle. Ohne Zweifel ist das von Konrad öfter gebrauchte Wort *swînen* = 'dahinschwinden' hier das Richtige, vgl. Trojan. 37044. Pantaleon 240. Lieder 23, 30.

VII. REGISTER DER VERBESSERUNGEN UND VORSCHLÄGE.

		Seite			Seite
Alexius	511	. . 53.	Partonopier	2573	60.
„	553	. . 62.	„	2734	67.
„	1300	. . 65.	„	2739	60.
Engelhard	1005	. . 64 Anm.	„	3152	60.
„	1166	. . 62.	„	3265	67.
„	1790	. . 58.	„	3398 f.	66.
„	2669	. . 65.	„	3499	88.
„	2938	. . 53.	„	4013	62.
„	3149	. . 88.	„	4287 ff. . . .	67.
„	3311 ff.	. . 88 f.	„	4382	62.
„	3368	. . 54.	„	4448	67.
„	3467	. . 53 f.	„	4626	60.
„	4897	. . 62.	„	5279	62.
„	5223 ff.	. . 89 f.	„	5328	60.
„	5281	. . 63 f.	„	5330	62.
„	5563	. . 90.	„	5631	67.
„	5635	. . 62.	„	6071	62.
„	5784	. . 90.	„	6707	60.
„	6231	. . 70.	„	7344	60 f.
Partonopier	29	. . 12 Anm.	„	8893	67.
„	111	. . 67.	„	8958	67.
„	346	. . 62.	„	9033	69.
„	384	. . 59.	„	9546	61.
„	393	. . 62.	„	9877	61.
„	409	. . 59.	„	10514	61.
„	806	. . 59.	„	11086	66 f.
„	1016 f.	. . 54.	„	12401	62.
„	1025	. . 59.	„	13627	62.
„	1217	. . 54.	„	13641	62.
„	1570	. . 67.	„	14002	67.
„	1814	. . 60.	„	15474	62.
„	2190	. . 65 f.	„	16270	67.
„	2228	. . 60.	„	16486	67.
„	2440	. . 60.	„	16558	62.

VII. VERBESSERUNGEN UND VORSCHLÄGE.

		Seite			Seite
Partonopier	16802	. 66.	Trojanerkrieg	10011 . .	. 64.
„	18237	. 62.	„	11745 . .	. 63.
„	19060	. 61.	„	12720 . .	. 62 f.
„	19854	. 67 f.	„	20691 . .	. 59.
„	20476	. 62.	„	20775 . .	. 64.
„	21629	. 61.	„	21159 . .	. 61.
gold. Schmiede	193	. 63.	„	24515 . .	. 61 f.
„ „	591	. 57.	„	24605 . .	. 65.
„ „	1985	. 58 f.	„	25791 . .	. 59.
Schwanritter	36	. 59.	„	26339 . .	. 59.
„	128	. 59.	„	34929 . .	. 62.
„	678	. 29 Anm.	„	39065 . .	. 62.
Silvester	118	. 65.	„	39436 . .	. 62.
„	2267	. 59.	Turnei	1055 . .	. 63.
„	4451	. 65.	Der Welt Lohn	217 . .	. 62.
Trojanerkrieg	2647	. 64.	„ „ „	233 . .	. 63.
„	6596	. 55.			

Verlag von Karl J. Trübner in Strassburg.

Barack, K. A., Ezzos Gesang von den Wundern Christi und Notkers Memento Mori. Phototypisches Facsimile der Strassburger Handschrift. 4. geb. 1880. M. 4. —

Bergmann, F. W., die Eddagedichte der nordischen Heldensage, kritisch hergestellt, übersetzt und erklärt. 8. VIII, 384 S. 1879. M. 8. —

ten Brink, Bernh, Chaucer. Studien zur Geschichte seiner Entwickelung und zur Chronologie seiner Schriften. I. Thl. 8°. 222 S. 1870. M. 4. —

— — — Dauer und Klang. Ein Beitrag zur Geschichte der Vocalquantität im Altfranzösischen. 8°. V, 54 S. 1879. M. 1. 20

Butsch, A. F., Strassburger Räthselbuch. Die erste zu Strassburg ums Jahr 1505 gedruckte deutsche Räthselsammlung. Neu herausgegeben. 8°. pp. X, 38. 1876. M. 4. —

Elsässische Litteraturdenkmäler aus dem XIV.—XVII. Jahrhundert. Hrsg. von Ernst Martin und Erich Schmidt.
 I. Band. Das heilige Namenbuch von Konrad Dangkrotzheim. Mit einer Untersuchung über die Cisio Jani hrsg. von Karl Pickel. 8°. VI, 124 S. 1878. M. 3. —
 II. Band. Joseph. Biblische Komödie von Thiebold Gart. 1540 (hrsg. v. Er. Schmidt). 8°. 124 S. 1880. M. 3. —
 III. Band. Das goldene Spiel von Meister Ingold. Hrsg. von Edw. Schröder. 8°. XXXIII, 98 S. 1882. M. 3. —

Kluge, Friedr., Etymologisches Wörterbuch der deutschen Sprache. 3. unveränderter Abdruck. Lex.-8°. M. 10. 50

Kräuter, J. F., Zur Lautverschiebung. 8°. 154 S. 1877. M. 4. —

Müller, Max. Ueber die Resultate der Sprachwissenschaft. Vorlesung, gehalten am 23. Mai 1872 an der kais. Universität zu Strassburg. 3. unveränderte Aufl. 8° 32. S. 1872. M. —, 80.

— — Einleitung in die vergleichende Religionswissenschaft. Vier Vorlesungen nebst zwei Essays über falsche Analogien in der vergleichenden Theologie und über die Philosophie der Mythologie. Zweite Auflage. 8°. pp. V, 353 S. mit dem Porträt des Verfassers. 1876. M. 6. —

Notkers Psalmen. Nach der Wiener Handschrift hrsg. von Rich. Heinzel und Wilh. Scherer. 8°. XI, 327 S. 1876. M. 8. —

Riddarasögur. Parcevals Saga. Valvers Thattr, Ivents Saga, Mirmans Saga. Zum ersten Male herausgegeben und mit einer litterarhistor. Einleitung versehen von Dr. Eugen Kölbing. 8°. pp. LV, 220 S. 1872. M. 7. —

Schaible, K. H., Deutsche Hieb- und Stichworte. 8°. IV, 91 S. 1879. M. 2. —
 Eine Etymologie der deutschen Flüche und Schimpfwörter.

Ungedruckte Anglonormannische Geschichtsquellen. Herausg. von F. Liebermann. 8°. VI, 359 S. 1879. M. 7. —

Urkundenbuch der Stadt Strassburg. I. Band. Urkunden und Stadtrechte bis zum Jahre 1266. Bearbeitet von Wilhelm Wiegand. 4°. XV, 585 S. 1879. M. 30. —

— — III. Band. Privatrechtliche Urkunden und Amtslisten von 1266 - 1332 bearbeitet von Aloys Schulte. 4°. XLVII. 451 S. 1884. M. 24. —
 Der II. Band erscheint Anfang 1885.

Strassburger Studien. Zeitschrift für Geschichte, Sprache und Litteratur des Elsasses hrsg. von E. Martin und W. Wiegand.
 I. Band. 8°. 1883. M 12. —
  Inh.: Socin, Die althochdeutsche Sprache im Elsass vor Otfrid von Weissenburg. — Preuss, Studien über Gottfried von Strassburg etc.
 II. Band 1. Heft. M. 2. 50
  Inh.: Thomas Murners Mühle von Schwindelsheim hrsg. von Albrecht u. A. m.
 II. Band 2. u. 3. Heft. M. 5. 50
  Inh.: Menkel, die Mundart des Münsterthales im Elsass u. A. m.
 II. Band 4. Heft. M. 7. —
  Inh.: Schricker, Aelteste Grenzen und Gaue im Elsass. Mit 4 Karten.

Buchdruckerei von G. Otto in Darmstadt.

XXII. Ludwig Philipp Hahn. Ein Beitrag zur Charakteristik der Sturm- u. Drangzeit von **Rich. Maria Werner**. M. 3. —
XXIII. Leibnitz und Schottelius. Die Unvorgreiflichen Gedanken. Untersucht und hrsg. von **August Schmarsow**. M. 2. —
XXIV. Die Handschriften u. Quellen Willirams, von **Josef Seemüller**. M. 2. 50
XXV. Kleinere lateinische Denkmäler der Thiersage aus dem XII. bis XIV. Jahrhundert. Herausgegeben von **E. Voigt**. M. 4. 50
XXVI. Die Offenbarungen der Adelheid Langmann hrsg. v **Phil. Strauch**. M. 4. —
XXVII. Ueber einige Fälle des Conjunctivs im Mittelhochdeutschen. Ein Beitrag zur Syntax des zusammengesetzten Satzes. Von **Ludwig Bock**. M. 1. 50
XXVIII. Willirams deutsche Paraphrase des hohen Liedes. Mit Einleitung u. Glossar herausgegeben von **Joseph Seemüller**. M. 3. —
XXIX. Die Quellen von Notkers Psalmen. Zusammengestellt v. **E. Henrici**. M. 8. —
XXX. Joachim Wilhelm von Brawe. Der Schüler Lessings. Von **August Sauer**. M. 3. —
XXXI. Nibelungenstudien von **R. Henning**. M. 6. —
XXXII. Beiträge zur Geschichte der Germanischen Conjugation. Von **Friedrich Kluge**. (M. 4. —)
XXXIII. Wolframs von Eschenbach Bilder und Wörter für Freude und Leid. Von **Ludwig Bock**. M. 1. 60
XXXIV. Aus Goethes Frühzeit. Bruchstücke eines Commentars zum jungen Goethe. Von **W. Scherer**. M. 3. —
XXXV. Wigamur. Eine litterarhistorische Untersuchung v. **Greg. Sarrazin**. M. 1. —
XXXVI. Taulers Bekehrung. Kritisch untersucht v. **Heinrich Seuse Denifle**. M. 3. 50
XXXVII. Ueber den Einfluss des Reimes auf die Sprache Otfrids. Mit einem Reimlexicon zu Otfrid. Von **Theod. Ingenbleek**. M. 2. —
XXXVIII. Heinrich von Morungen und die Troubadours. Von **Ferd. Michel**. M. 6. —
XXXIX. Beiträge zur Kenntniss der Klopstockschen Jugendlyrik. Von **Erich Schmidt**. M. 2. —
XL. Das deutsche Ritterdrama des XVII. Jahrhunderts. Studien über Jos. Aug. von Törring, seine Vorgänger und Nachfolger. Von **Otto Brahm**. M. 5. —
XLI. Die Stellung von Subject und Prädicatsverbum im Heliand. Nebst einem Anhang metrischer Excurse. Ein Beitrag zur german. Wortstellungslehre. Von **John Ries**. M. 3. —
XLII. Zur Gralsage. Untersuchungen v. **Ernst Martin**. M. 1. 20
XLIII. Die Kindheit Jesu von Konrad von Fussesbrunnen. Herausgeg. von **Karl Kochendörffer**. M. 4. —
XLIV. Das Anegenge. Eine litter.-histor. Untersuchung v. **Edw. Schröder**. M. 2. —
XLV. Das Lied von King Horn. Mit Einleitung. Anmerkungen und Glossar von **Theodor Wissmann**. M. 3. 50
XLVI. Ueber die ältesten hochfränkischen Sprachdenkmäler. Ein Beitrag zur Grammatik des Althochdeutschen. Von **Gust. Kossinna**. M. 2. —
XLVII. Das deutsche Haus in seiner historischen Entwicklung. Von **Rud. Henning**. Mit 64 Holzschnitten. M. 5. —
XLVIII. Die Accente in Otfrids Evangelienbuch. Von **N. Sobel**. M. 5. —
XLIX. Ueber Georg Greflinger von Regensburg, als Dichter, Historiker und Uebersetzer. Eine literar-histor. Untersuchung von **W. v. Oettingen**. M. 2. —
L. Eraclius. Deutsches Gedicht des XIII. Jahrhunderts. Hrsg. von **Harald Graef**.
LI. Mannhardts mythologische Forschungen. Herausgegeben von **Hermann Patzig**. Mit Vorreden von **Karl Müllenhoff** und **Wilh. Scherer**. M. 9. —
LII. Laurence Minots Lieder. Mit grammatisch-metrischer Einleitung v. **Wilh. Scholle**. M. 2. —
LIII. Der zusammengesetzte Satz bei Berthold von Regensburg. Ein Beitrag zur mittelhochdeutschen Syntax von **Hubert Roetteken**. M. 2. 50
LIV. Konrads von Würzburg Klage der Kunst. Hrsg. von **Eugen Joseph**.